【朗報】俺の許嫁になった地味子、家では可愛いしかない。8

氷高 悠

ファンタジア文庫

3376

口絵・本文イラスト　たん旦

c o n t e n t s

第1話　―御伽の夢から醒めて―

真伽ケイ。

その名前は、結花や来夢の口から、何度も聞いたことがあった。

俺が物心つくよりも前に、日本中にその名を轟かせたという、伝説のトップモデル。

もっとも……俺は二次元と、ぎりぎり二・五次元までしか興味がないから。

どんな人で、どんな実績があるとかっていうのは、ほとんど知らないんだけどな。

――結花たちに聞いた話の限りだと。

真伽ケイはモデル業を引退した後、しばらく業界から姿を消していた、らしい。

そして、六条麗香さんと一緒に声優事務所『60Pプロダクション』を立ち上げたことで、再び世間から認知されるようになったんだとか。

もしも……六条社長と彼女が、『60Pプロダクション』を創立していなかったら。

和泉ゆうなも、ゆうなちゃんも、存在しなかったかもしれない。

そういう意味では、彼女は俺の心を救ってくれた――大恩人ってことになる。

そんな真伽ケイと、俺は今——初めて対面した。
ぱっちりとした瞳。黒く艶やかな髪。
身長は優に百七十を超えていて、女性としてはかなりの長身だ。
トップモデルだった頃。
真伽ケイは、世間から「絶世の美女」だなんて、褒め称えられていたんだとか。
まぁ……年齢とかを考えれば、綺麗な見た目をしている方なんだろう。多分。
別に俺は「絶世の美女」だとか、これっぽっちも思わないけどな。
だって。
俺にとって、この人は。
浮世離れした、元・トップモデルなんかじゃなくって…………。

◆

「——遊一？」

「……………母さん？」

反射的にそう呼んだ途端、急に頭の中が真っ白になっていくのを感じた。

これ以上、何を喋れば(しゃべ)いいのか分からなくて。

だけど、視線を逸ら(そ)すこともできなくって。

俺はただ……その場に立ち尽くすことしかできない。

そしてそれは、おそらく向こうも同じなんだと思う。

彼女は。

真伽ケイは。

――俺の母親は。

表情をなくしたまま、ただただ俺のことを、まっすぐ見つめていた。

結花、来夢、鉢川(はちかわ)さん、六条社長。

俺たち以外の面々も、ただならぬ空気を察してなのか、押し黙っている。

「……母さん、ですって？　どういうことなの、遊一？」

重苦しい静寂に包まれた、『60Pプロダクション』のラウンジで。

最初に沈黙を破ったのは、来夢だった。

流麗な紫色のロングヘアと、ゴシック風の衣装という、紫ノ宮(しのみや)らんむの格好のまま。

「……真伽さんが？　遊一くん……の、お母さん……？」

来夢とは反対に、鉢川さんは呆然とした顔のまま、うわごとのように呟いた。

動揺のあまりか、前髪をぐしゃっと握り締めてるもんだから、いつも綺麗に整えている
ショートボブが乱れてしまっている。

「…………」

そして、その隣では。

『60Pプロダクション』代表取締役の六条麗香さんが、腕組みをしたまま、静かに立ち
尽くしていた。

パーマのかかった髪も、身に纏ったグレーのスーツも、まるで乱すことなく。

六条社長はただただ、まっすぐに――。

――真伽ケイのことを見据えている。

……みんなが戸惑う気持ちは、よく分かるよ。

だって、誰よりも俺自身が、驚いてるんだから。

佐方京子。

それが俺の、母親の名前だ。

いや……もう親父と離婚してるんだから、正確には『新戸京子』なんだろうけど。

なんとなく、そうは呼びたくない自分がいる。

――俺が中二になる直前に、母さんは家を出た。

それ以来、俺も那由も、母さんとは一度も会っていない。

それがこんな、思いも寄らない形で再会を果たしたんだぜ？

動揺するなっていう方が無茶だ。


「……遊くん」

結花がキュッと、俺の服の裾を摑んで、上目遣いにこちらを見てくる。

目に映る結花は、声優・和泉ゆうなだった。

ツインテールに結った、茶髪のウィッグ。

可愛くコーディネートされた、ピンク色のチュニックと、チェックのミニスカート。

俺の愛する『アリステ』のゆうなちゃんに似た、キラキラした輝きを放つ――そんな最高の声優・和泉ゆうな。

だけど……僅かに瞳を潤ませた、その表情は。

無邪気に甘えてきたり、優しく癒してくれたりする、素の綿苗結花そのものだった。

ある日突然、俺の許嫁になった。

可愛いしかない、誰よりも何よりも——大切な女の子。


「大丈夫、遊くん？」

「……ああ。ありがとう、結花」

結花の小さな手を、ギュッと握る。

途端に、頭の中のもやが晴れていくのを感じた。

「大丈夫。どうでもいいことだし、気にしないで。そんなことより今は、結花のスキャンダルの方が、よっぽど重大だから」

「……そうね。ごめんなさい、和泉さん」

俺の発言に呼応するように、真伽ケイもまた、淡泊にそう告げる。

「和泉さんの一大事だっていうのに——些末なことで、騒いでしまったわね」

——些末なこと、か。

ちくりと胸は痛むけど。

そうだよな。本当に……取るに足らないこと、だもんな。

「麗香。この場はひとまず、お願いしてもいい？　最終的な対応については、わたしの方で動くから。専務取締役兼アクター養成部長として」

伏し目がちにそう言うと。

真伽ケイはすっと、俺たちに背を向けた。

そして、足早にラウンジを去ろうとして——。

「京子」

六条社長に、違う名で呼び掛けられた。

真伽ケイの足が、ぴたりと止まる。

「和泉のことは、もちろんこれから手を打つ。だが……京子。君にとって大事なことは、他にもあるんじゃないのか？『恋する死神』は、佐方遊一くんは。京子の——」

「——『京子』じゃないわ、麗香」

振り向きもせず、真伽ケイは冷淡に言い放った。

そしてゆっくりと、歩き出して。

「わたしはただの、真伽ケイ。『佐方京子』なんかじゃない。今さら……その名を名乗る資格なんて、ないのだから」

◆

真伽ケイがラウンジを去った後。

張り詰めていたものが一気に緩んだのか、ドッと疲れが襲ってきた。

そして鉢川さんに勧められるがまま、俺は窓際にあるソファに座らせてもらう。

「……すげぇ。さすが、声優事務所のソファだなぁ……」

寄り掛かった背もたれの心地よさに、つい声に出してしまった。

それくらいこのソファ、ふかふか加減が尋常じゃない。

………お？

しかも右側のここ、さらに柔らかいな？

やばいぞ、これ。マシュマロみたいというか、人を駄目にする柔らかさというか——。

「えへへっ。はい、遊くん……むにゅーっ！」

「って、何してんの結花は⁉」

ソファの背もたれかと思ったら、結花の胸でした。

何を言ってるか分かんないと思うけど、俺も何を言ってんのか分からねぇ。

俺は慌てて、ソファから転がり落ちる。

そんな俺を見下ろしながら、和泉ゆうなの格好をした我が許嫁は、あっけらかんと言い放った。

「何って……遊くんが疲れてたから。大好きなおっぱいでぱふぱふってしたら、少しでもＨＰが回復するかもって、思いついたんだもんっ！」

「馬鹿なのかな⁉　時と場所を考えて！　ここはどこ？　声優事務所だよ⁉」

「……じゃあ、おうち帰るまで、遊くん我慢できる？」

「違う違う！　なんで俺がぱふぱふをお願いした感じの流れなの⁉　俺は一言だって、そんなプレイを求めた覚えはないからね⁉」

まるで普段の家のような、くだらないやり取り。

回復するどころか、いっそ何かを削られたような気がするんだけど。

「……はぁぁぁぁ。なんだか気が抜けちゃったわよ、もぉ」

鉢川さんはため息交じりにぼやくと、じとっと俺のことを睨んできた。

「家に帰るまですら、抑えられないんだもんねぇ……十代の男の子の欲望って、とどまることを知らないわねぇ……」

「待って、鉢川さん。なんか今、俺をけだものみたいな扱いしてません？」

「あははは っ！　まぁ、いいじゃないか鉢川」

全然よくないのに、強引に話をぶった切ると。

六条社長は、やたらと愉快そうに笑った。

「いくつになっても、男の子は大きければ大きいほど好き——それが定説だものな。なぁ、紫ノ宮？」

「いえ。私に振られても」

一秒の間も空けず、即答する来夢。

その表情は、完全なる『紫ノ宮らんむ』のもの。

まぁ、そうだよな。そうやって流すしかないよな。

分かる分かる分かる。

分かるから……来夢？

自分の胸に手を当てて、庇うような仕草をするのはやめようか？

昔好きだった女子に、胸を狙う異形のもの扱いされると、さすがに凹むから。

「和泉、すまないな。当人である君に、気を遣わせてしまった。だが、おかげで少し皆の空気が和んだよ」

六条社長はそう言うと、結花の方に向き直った。

一方の結花は、ばつが悪そうにもじもじしつつ……六条社長の顔を見る。

「いえ、気を遣った行動とかじゃなくって……遊くんを元気づけなきゃーって思ったら、やりすぎちゃっただけなんです。ごめんなさい……」

「ほう。それじゃあ、さっきのは計算でもなんでもなく、天然の行動だったと？　あははは っ！　やっぱり君は面白い子だな、和泉」

そんな風に、豪快に笑ってから。

六条社長は、すっと——真剣な表情に切り替わる。

さっきまでふざけた発言ばかりしていた人とは思えないほど、理知的な顔つきに。

「さて、それじゃあ——これからの話をしようか。暴露系ＭｅＴｕｂｅｒ『カマガミ』は昨日、和泉と『恋する死神』の交際というスキャンダルを掴んでいる。今のところ動きはないが、おそらく……そう遠くない未来に、奴は和泉のスキャンダルの暴露動画を、アップロードするだろう」

「……はい」

「アップロードされれば、速やかに法的措置を取る。動画内に脚色や嘘があった場合には、事実無根という声明を事務所から出す。『60Ｐプロダクション』は、あらゆる手段を尽くして、和泉ゆうなを護るために動くと誓うよ。だが——」

六条社長はゆっくりと、来夢の方へと視線を向けた。

その意図を察したように、来夢はグッと唇を噛んで言う。

「……タイミングが悪い、と。そうおっしゃりたいんですね、六条社長？」

「ああ。第二回『八人のアリス』お披露目イベントまで、あと二週間弱。『アリステ』への注目度は、否が応でも高まっている。しかも今回……ゆうなが飛躍的に順位を上げているからな。当然、和泉ゆうなへの関心も高くなる」

――六条社長の言うことは、もっともだった。

大人気ソシャゲ『ラブアイドルドリーム！　アリスステージ☆』内で行われた、人気投票企画――『第二回　八人のアリス投票』。

そして、投票で選ばれた八人のアリスアイドルの声優が一堂に会する、大掛かりなお披露目イベント。

『アリステ』を愛するユーザーだったら、こんなお祭り、盛り上がらない方がどうかしている。

だからこそ――このタイミングで、スキャンダルが投下されたら？

「炎上の可能性が高い……ってことですよね？」

結花が静かに、そう言った。

「ああ。そのとおりだ、和泉。インターネット上はもちろん、イベントの現場も含めて、炎上する可能性を考慮しなければならない」

「——燃やせるものなら、燃やしてみなさい」

六条社長の言葉に、かぶせるように。

来夢が怒気を孕(はら)んだ声で呟(つぶや)いた。

「そんな醜悪な炎ごときで……私たちの『アリステ』も、ゆうなも、終わるわけがない。終わらせて——たまるものか」

「らんむ……そうね、そうよね！　ゆうな。わたしも『60Pプロダクション』の一人として、和泉ゆうなのマネージャーとして、全力を尽くすわ！　だから、この窮地を乗り越えて、最高のお披露目イベントにしましょう‼」

「来夢……鉢川さん……」

二人の言葉を聞いて、俺は思わず、目頭が熱くなるのを感じた。

『アリステ』のために。声優・和泉ゆうなのために。

事務所も、来夢や鉢川さんも、懸命に動こうとしてくれている。

こんな姿を目にしたら、結花のことだ。

きっと、涙でも流して喜ぶはず——。

「……えへへっ。本当にいつも、ありがとうございます。らんむ先輩、久留実さん。ありがとう、ですけど——ごめんなさい」

俺の予想に反して。

結花は弱々しい声色で、そう応えた。

「ごめんなさい……か。その言葉の真意、聞かせてもらえるか。和泉」

「はい、六条社長。私は……ゆうなが『八番目のアリス』に選ばれて、本当に嬉しかったです。それはもう、物理的に飛び上がって、喜んじゃったくらいに。だから……同じように嬉しかったはずのキャストのみんなに、悲しい思いをしてほしくない」

「何を言っているの、ゆうな？　他の演者のことを聞いているんじゃない！　六条社長が、私たちが聞きたいのは、貴方自身の気持ち——」

「——私はっ！　みんなで一緒に、笑いたいんですっ‼」

来夢の言葉を遮るようにして。

結花が珍しく、大きな声を上げた。

その頬を流れ落ちていく、優しい雫。

「私の大好きなゆうなは、いつだって全力で。猪突猛進すぎて、とんでもないドジもしちゃいますけど。ゆうなは——どんなときだって、みんなで一緒に笑いたいって思う、そんな子だから。だから私も……みんなが悲しい顔をするなんて、絶対に嫌なんです」


綿苗結花っていう子は、意外と強情だ。

誰かのために行動しようってなったときは、特に。

いつもは無邪気で天然で、かまってちゃん全開な、ふわふわしたタイプなのに。

——そんな結花だからこそ。

この状況だったら、周りのみんなのためにって……そう答えちゃうんだな。


「六条社長——お願いします」

そして結花は。

穏やかな笑みを浮かべたまま、言った。

「もしも私が、スキャンダルで炎上しちゃったときは……お披露目イベントへの参加を、辞退させてください」

第2話 【最後の】俺たちには昔、母親がいたんだ【真実】

「むにゅ……遊くーん……」

「ぐぇ」

自宅のリビングで、カーペットにあぐらをかいていたら――後ろから突然、結花が首元に絡みついてきた。

起動したばかりのノートパソコンから顔を上げて、振り返ると。

そこには、ソファの上から俺にしな垂れ掛かり、うたた寝している結花の姿が。

寝ちゃったのか……まだ夜の九時だってのに。

まぁ仕方ないか。今日は本当に、色んなことがあったしな。

――もしも私が、スキャンダルで炎上しちゃったときは……お披露目イベントへの参加を、辞退させてください。

その言葉を聞いて、鉢川さんは泣き崩れた。

来夢(らいむ)は、完全に『紫ノ宮(しのみや)らんむ』に表情を切り替え、何も言わず結花を見ていた。

そして六条(ろくじょう)社長は――深々と頭を下げて。

「和泉(いずみ)。他の演者や、ファンのことを思う君の気持ちは、理解したよ。だが、その上で言わせてほしい――もう少し時間をくれ。『60Ｐプロダクション』としてはギリギリまで、最善を尽くしたい」


「ふにゅう……遊くんの、におい―……」

――事務所での一幕を思い返していたら。

うたた寝結花が、俺の耳元に顔を近づけてきた。

そして、可愛(かわい)いウィスパーボイスで。

「……はぅ……んっ……遊くん、すき……んにゅ……ちゅき。ちゅー……愛してる……」

「ううう……っ⁉」

鼓膜を通じて、全神経がビリビリッと痺(しび)れるのを感じた。

割と本気で、死ぬかと思ったんだけど。

寝ながら命を狙ってくるとか、さすがは結花。もはやアサシンだわ。

ってなわけで。

自分の身を守るため、結花の身体(からだ)をソファの上に戻してから。

俺はノートパソコンに向き直り、ＺＵＭアプリを起動した。

『兄さん、遅すぎじゃね？　一万年と二千年は待ったんだけど、マジで』

通話開始の一発目から、刺々(とげとげ)しい言葉が放たれた。

俺はげんなりした気持ちになりつつ、それに応える。

「いきなり攻撃的だな、お前は。ＲＰＧでエンカウントしたモンスターか」

『は？　人をモンスター呼ばわりとか、どんな教育を受けてきたわけ？　一万二千年も待たされた割には、相当優しくしてる方っしょ』

「素朴な疑問だけど。一万二千年経(た)ったんならお前、もうおばあちゃんじゃない？」

『うわっ、女の子に年齢の話とか……やば。兄さん、デリカシーはどこに落としてきたの？　トイレ？』

ああ言えば、こう言う。

さすがは毒舌に定評のある、我が愚妹・佐方那由(さかたなゆ)――の、ショートヘアバージョン。

ちなみに、ロングヘアのウィッグをかぶって、Ｔシャツ&ジージャンから可愛い服に着替えた場合……那由は、ただ甘な妹にモードチェンジする。

ツンとデレが両極すぎる、ツンデレの変異種。それが那由だ。

『で？　兄さん……さっきのＲＩＮＥ、なに？』

「いや。書いてあったとおりのことしか、俺にも分かんねーよ」

那由には、ついさっきＲＩＮＥで、ここ数日の出来事を伝えた。

結花の先輩声優・紫ノ宮らんむが、野々花来夢だったこと。

暴露系ＭｅＴｕｂｅｒ『カマガミ』によって、和泉ゆうなのスキャンダルが握られてしまったこと。

そして――『60Ｐプロダクション』で遭遇した真伽ケイが、俺たちの母親だったたってことを。

『はぁ……ま、いいや。とりま、こいつを吐かせりゃいいんでしょ？』

『えっと……父親を椅子に縛りつけた上に、こいつ呼ばわりするのは、人道的にどうなのかなぁ？』

那由の隣には、椅子にぐるぐる巻きにされた、俺の親父――佐方兼浩の姿があった。

そんな哀れな姿の親父を見て、俺は強い口調で言う。

「那由、何してんだよ……縛りつけるだけじゃ、全然足りないだろ！　目隠しをして、手足を拘束して、喋る以外なんにもできない身体にしないと‼」

『おっけ、兄さん！　尋問じゃなく、拷問ってことね‼』

『待って⁉　どうして僕に罰を与えるときだけ、仲良し兄妹になるの⁉』

そりゃ、日頃の行いのせいに決まってんだろ。

何も知らないふりして、結花が俺の推しの声優だって、最初から把握してたりとか。

何も考えてないふりして、俺と結花の結婚話が進んでいくよう、お義父さんに働き掛けてたりとか。

俺たちの結婚の裏側で、常に暗躍し続けてきた存在――それが親父だろ？

バトルマンガだったら、完全にラスボスのポジションだからな？　ちょっと四肢を拘束されるくらい、自業自得だと思うぜ。

『まったくもぉ……こんなことしなくたって、母さんのことだったら、ちゃんと説明するつもりだよ？』

那由に後ろ手を掴まれた体勢のまま、親父がぼやく。

「今までちゃんと説明しなかったから、こうなってんだろ」

『……そうだね。今まで話してなかったのは事実だから、言い訳のしようもないか。だけどまさか、遊一と母さんがバッタリ会うなんてね――声優業界っていうのは、思った以上に狭いんだなぁ』

『なに、その口ぶり？　じゃあ、やっぱり父さん――真伽ケイって奴が、母さんだって知ってたわけ⁉』

親父の手首を摑んだまま、那由が声を荒らげる。

そんな那由と、俺のことを交互に見てから――親父は。

いつになく哀しそうに、言ったんだ。

『ごめんね、今まで黙ってて。これから、ちゃんと話すよ。遊一と那由の母さん――京子のことを』

◆

――親父と出逢う以前から、母さんはモデルの仕事をしていたらしい。

佐方京子。旧姓、新戸京子。

彼女はその本名とは別に、『真伽ケイ』という名前を持っていた。

黒く艶やかなロングヘアを翻し、見る者すべてを魅了するモデル――それが真伽ケイ。

けれど、彼女の魅力は、決して天性の容姿によるものだけじゃない。

カメラやファンの前ではいつだって、真伽ケイは笑顔を絶やさなかった。

魅力的な写真が撮れるまで、何度でもリテイクを願い出て、妥協を許さなかった。

天性の容姿と、圧倒的な努力と、並々ならぬ情熱。

それらすべてを持ち合わせていたからこそ、真伽ケイはトップモデルに到達し。

そして、いつしか──『純白のアリス』という二つ名で、呼ばれるようになった。

…………らしい。

「らしい」ってのは、俺も那由も今日まで、その事実をまるで知らなかったからだ。

それくらい、親父も母さんも……家ではモデル業のことなんて、おくびにも出さなかった。母さんが写ってる雑誌の一冊すら、俺たちは見た覚えがない。

その上、俺も那由も、モデル界隈に興味を持つタイプじゃなかったからな。

まさか母さんが、元・トップモデルだなんて──夢にも思わなかったよ、本当に。

──那由が生まれた頃、母さんは完全にモデル業を引退したらしい。

那由が小学校に上がった後は、昔の関係者の紹介で、ときどきファッションデザインの仕事を手伝ったりはしてたけど。

華やかな芸能界からは、随分と離れた場所にいたんだそうだ。

そんな母さんに転機が訪れたのは――俺が中一、那由が小四の頃。

かつて真伽ケイのマネージャーを務めていた六条麗香が、ファッションモデル・アイドル・声優などの様々な部署で経験を積んだ上で、独立を決意したときだった。

――新たに声優事務所を立ち上げるつもりなんだ。

――もしよかったら、京子の力を貸してほしい。

久しぶりに顔を合わせた六条麗香から、そう告げられて。

母さんは大いに悩んで、親父にも相談したんだそうだ。

「わたしはモデルの頃――みんなに笑顔を届けようって、頑張ってきたわ。そうしたらね、ファンの人も、スタッフの人も、たくさん笑顔になってくれて……嬉しかったの。それを見てわたしは、いっぱい幸せだった。しかも、引退した後は……言うまでもないわよね。もっともっと、かけがえのない幸せを――遊一と那由が、運んできてくれたわ」

そして母さんは、悩んで悩んで。

最後にそんな話を、親父にしたらしい。

「だから、今度は『つなぐ』番。わたしが笑顔を届けるんじゃなくって――笑顔を届ける力を、後進に伝えたい。バトンをつないでいきたいんだ、麗香と一緒に」

――それが、母さんの選んだ答えだった。

◆

『……僕はずっと、後悔していたよ』

ひとしきり語り終えたあと。

親父は俯いたまま、ぽつりと呟いた。

『京子は真面目すぎる人だった。何事にも全力で、手を抜くことができない人だった。そんな彼女の気持ちを、誰よりも分かっていたはずなのに……忙しくなっていく彼女のことを、あの頃の僕は受け止めてあげられなかった』

『……別に。仕方ないんじゃね？』

珍しく毒を吐くことなく、那由は言った。

そして、親父を縛ってるロープをほどいて。

『母さんが家にいないことが増えて、あたしらが寂しかったのは本当だし。それが原因で喧嘩が増えた、父さんの気持ちも……分かんなくないし』

『ありがとう、那由。だけどね――僕は母親としての京子も、真伽ケイとして頑張る京子も、愛していた。だからこそ、今でもときどき思うんだ。もしもあのとき、僕が彼女を支えられていたら……って』

だから、と。

父さんは微笑みながら、言った。

『――綿苗さんと知り合ったのは偶然だよ。そこで和泉ゆうなさんの名前が出たのも、ただの偶然だ。でも、そんな偶然の中で、僕は――結花さんが遊一にとって、かけがえのない存在になるに違いないって思ったんだ。だからこそ僕は、綿苗さんに結婚話を持ち掛けた。これまで辛い思いをさせた分……遊一には幸せになってほしかったから』

「それは分かったけど……結花が『60Ｐプロダクション』所属なのは、どこかで気付いてたんだろ？　俺と母さんがバッタリ会う可能性は、考えなかったのかよ？」

『母さんは会社の重役だよ？　こんなことでもなければ、一声優やその婚約者と顔を合わせるなんて、思わないでしょ？』

「まぁ……確かに、そうか」

俺はふっと、那由の方を見る。

那由はいつの間にか俯いて、前髪を指先で弄っていた。

その姿が、やけに寂しそうだったから――。

「……………ま、どうでもいいけどな。母さんのことなんて」

俺はそう呟いた。自分に言い聞かせるように。

「どんな過去があろうと。どんな事情があろうと。今、俺と那由のそばにいる家族は――親父だけなんだから」

それから俺は。

できるだけ普通に笑いながら、言ったんだ。

「ごめんな親父……ありがとう。色々と話してくれて」

ＺＵＭを終えて、ノートパソコンの電源を切ると。

さっきまでの騒々しさが嘘（うそ）みたいに、目の前のリビングは静まり返っていた。

「さーて……そろそろ寝ようかな」

静寂を振り払うように、そう言ってから。

俺はゆっくりと、カーペットから腰を浮かそうとして——。

「——遊くんの、嘘つき」

唐突に。

背中から思いっきり、結花に抱き締められた。

「ゆ、結花⁉」

その勢いで俺は、再びカーペットの上に座り込む。

そんな俺のことを、包み込むように抱いたまま……結花は呟いた。

「お母さんのこと……どうでもいいわけ、ないじゃんよ」

「……寝てたんじゃなかったの、結花？」

「途中で起きちゃった。そしたら、遊くんの背中が寂しそうだったから……さっきからずっと、ぎゅーってしたかった」

　――寂しそう？　俺が？

　ピンとこないフレーズすぎて、俺はつい首を捻ってしまう。

「そんなこと、全然ないって。俺には結花がいるし、那由や親父もいる。勇海だって、もう家族みたいなもんだし。寂しいだとか、思ったこともないよ」

　思ったままを口にしてるはずなのに、なぜだか早口になってしまう。

　そんな俺のことを、後ろから抱きすくめたまま。

　結花は、ポンッと――俺の胸に手を当てた。

「そんなの嘘でーす。結花ちゃんの目は、誤魔化せませーん。だってここに――『寂しい子ども』の遊くんが、いるじゃんよ」

「寂しい、子ども？」

　そういえば、『カマガミ』の騒動のときも、そんなこと言ってたな。

　結花と来夢が使っていた、知らないフレーズ。

「遊くんはねぇ……いっつも頑張り屋さん。家族思いで、友達思いで、優しくって素敵な男の人。そんな遊くんのことが、私は大好き！　……けどね？　遊くんのここにいる、ちっちゃい遊くんのことも、同じくらい大好きなんだ」

　俺の右胸を、優しく撫ぜながら。

結花はぽつりぽつりと、言葉を続ける。

「……お母さんがいなくなったとき。那由ちゃんやお義父さんのことを思って、たくさん気を遣ったんでしょ？　そうやって、平気だよーって顔で頑張って……心の奥にしまい込んじゃった、寂しいとか悲しいの気持ち。それが――『寂しい子ども』の遊くん」

「いや。別に俺は、寂しくなんか――」

反論しかけた俺の身体を、ぐいっと自分の方に向かせると。

結花は、俺の顔を――自分の胸元へと抱き寄せた。

右頰に伝わる、柔らかな感触。

「ちょっ、ゆ、結花……？」

「遊くんは知らないかもだけどねぇ。笑ってる遊くんも、泣いてる遊くんも、甘える遊くんも、格好いい遊くんも。私はぜーんぶ、大好きなんだよー？　……えへへっ」

トクン、トクンと。

結花の心臓の鼓動が伝わってきて――それが妙に心地よい。

「だから……私の前では、泣いていいんだよ？　甘えたって、いいんだよ？　だって私たち、家族じゃんよ。家族の前ではねー、笑っても泣いても、いっぱい甘えてわがまま言っても、大丈夫なんだよっ！　だって……どんなあなたも、愛おしいんだもの」

結花がギューッて、強く抱き締めて。

「よーしよし」なんて言いながら、俺の頭をぽんぽんって撫でてくる。

――甘い匂い。優しい声音。温かい感触。

俺の五感すべてが、結花で満たされすぎて。

なぜだか分からないけど……涙が出そうになって、困る。

「――っていうか、結花こそ、もっと自分のことを大事にしなよ。いつも他人の心配ばっかりしてさ。そんな優しいところも、好きだけど……結花が辛い思いをするのは、やっぱり嫌なんだよ」

「きゃー、優しいー！　遊くん好きー‼　わしゃわしゃー‼」

「ぎゃー⁉　恥ずかしいから……ぐむ……」

抵抗を試みようとしたけど、なんか力が入んなくて。

やがて俺は正面向きになって、結花の柔らかい谷間の中に、埋もれていく。

そして、もがいてももがいても、胸から出られそうにないので――そのうち俺は、考えるのをやめた。

「ふへへー。どーですかー？　ちっちゃくてごめんだけど、気持ちいいですかー？」

「…………はい」

「正直でいい子ですねー。なでなでー、ぎゅー。ちなみに私も、気持ちいいっていうか……ドキドキして死にそう。大好き、遊くん」

　そして結花は、俺のことを抱き締めたまま、静かに言う。

「……もしもあのとき、私が『カマガミ』さんの前で何もしなかったら。そっちの方が間違いなく、後悔してたと思う。自分のすべてを懸けて努力してきたらんむ先輩が、『夢』を台無しにされちゃうのも……これまでたくさん、辛い思いをしてきた遊くんが、また傷つけられちゃうのも。どっちも絶対に――嫌だもん」

　その、優しすぎる言葉が……俺の心を強く揺さぶった。

　そして俺は、結花の胸の中から抜け出して、彼女のことを見上げた。

　熱い雫のようなものが、自分の頬を伝っていく。

「だけど俺は――やっぱり、結花に傷ついてほしくなかったんだ。結花だって、たくさん辛い思い出があっただろ？　いっぱい頑張って、また笑顔になれたんだろ？　その結花が、こんなくだらない炎上で、人の悪意に晒されるなんて……俺は……」

「ありがとう、遊くん。それから……ごめんね。私のことで泣いてほしいとか、そういうんじゃなかったんだけどなぁ。だめだねぇ、私ってば」

　結花が俺の肩に手を置いて、まっすぐこっちを見つめてくる。

少しだけ瞳を潤ませて。

「らんむ先輩と違って、私って欲張りなんだよね。遊くんのことも、ファンのみんなのことも、家族や友達のことも——全部が大切だから。どれかひとつは選べないなぁ、だったら全部頑張っちゃおー！　……って思って、今までやってきたんだ」

「……知ってるよ。だってそれこそが、綿苗結花で和泉ゆうな、なんだから」

「うん。でもね？　昨日ちょっと、考えてみたの。『ある日突然、世界が無人島になったとき、ひとつだけ持っていくとしたら何？』って」

……何その、奇抜なお題？

ツッコミどころしかないけど、結花は至って真面目な様子。

「どうしても、ひとつしか選べないんならね？　私は——遊くんにいてほしい。遊くんがいてくれたら、きっと笑って生きていけるはずだから」

そして結花は、笑ったんだ。

いつもより寂しそうに。

「たとえ、和泉ゆうなが……いなくなったとしても、ね」

第3話　【悲報】俺の許嫁の秘密が、学校で……

――『カマガミ』による、暴露動画がアップされた。

『60Pプロダクション』で話をした、数日後の夜のことだった。

動画がアップされたのは、俺も結花も分かっていた。

内容を確認する気には、とてもなれなかったけど。

そして、アップされてから数時間後。

MeTube運営側によって、動画は削除された。

おそらく六条社長が、事前に手を回してくれていたんだろう。削除までのスピードは、驚くほど速かった。

とはいえ。

短時間だとしても、暴露動画がインターネット上に投下されたことに変わりはない。

拡散がゼロってことは、まずありえないだろう。

こうして、和泉ゆうなと『恋する死神』の関係性は――不特定多数に知られるところとなった。

◆

そして現在。

我が家の結花さんは絶賛、布団の中に籠もっていた。

制服に着替え終わった俺は、そばに座ったまま、その様子をじっと見ている。

「うーにゃーあー……」

「えっと結花……遅刻するよ？」

「知ってるけどぉ……気が重いんだもん……うえーん、重いよー。助けてー」

駄々っ子かな？

まぁ、気持ちは分かるんだけどさ。なんたって、『カマガミ』に暴露動画をアップされた翌日なわけだし。

俺だって、気落ちしてないって言ったら、嘘になる。

……もういっかな。今日くらい、休んじゃっても。

「よし、結花。それじゃあ今日は、二人で休もうか？　別に何か、学校行事があるわけでもな――」

「いえ――私は、行くわ」

バッと布団がめくられる。

そして、仰向(あおむ)けに寝転んだまま、顔だけ突き出してきたのは――綿苗(わたなえ)結花。学校仕様。

……………学校仕様⁉

そう。

いつの間にか、うちの許嫁は――眼鏡&ポニーテールという、学校仕様になっていた。

「学校に行く。行きたい」

「怖い怖い⁉　さっきまで登校渋ってたのに、学校結花になったら行く気満々とか……もはや別人格じゃん‼　ジキル結花とハイド結花なの⁉」

「違います。だって私、布団に入ったときからずっと、この格好だったもの」

「だとしたら、ただの支離滅裂な人ってことになるね……」

俺の返答を聞いた結花は、アゴを引いて上目遣いになる。

眼鏡のおかげでつり目っぽく見える、大きな瞳。

そして結花は、小さな声で言った。

「休みたい気持ちはあるけど、行きたい気持ちもあるんです」

「どういうこと？」

「確かに、動画のことでちょっと落ち込んでるから、休みたいなぁとも思うけど。今日の放課後はもともと、クラスのお友達とカフェに行く約束をしてたので。だから……楽しみだなぁ、行きたいなぁとも思うんです」

ああ、なるほど。

ここ最近になって、ようやくクラスメートと打ち解けてきた結花だからな。

そういう約束を大事にしたいって気持ちは、まぁ理解できる。

「……それはそれとして。結花、なんでさっきから、微妙に敬語なの？　また何かのシチュエーションコント？」

「べ、別にわざとじゃない！　眼鏡を掛けてると、おうちのときの喋り方と、前までの癖が……うにゃーって混ざって、こうなっちゃうんですっ！」

そういえば、クラスでも最近は、こんな感じだっけな。

――かつての学校結花は、地味で目立たない、寡黙なタイプの女子だった。

家では今も昔も、無邪気で甘えんぼうだけど。

そして……学校と家の結花がひとつに‼

そんな感じで新たに誕生したのが、この——ハイブリッド結花なんだ。

「……なんでじーっと、見つめてるんですか？　恥ずかしいです、遊くん」

「いや。融合すると強さが倍増するって理論、マンガとかで見るじゃない？　なるほど、要素を掛け合わせたら確かに強くなるんだなぁと、しみじみ思って」

「なんの話⁉　学校に遅刻するとしたら、それは結花のせいだよ？

待って。学校に遅刻するとしたら、それは結花のせいだよ？

なんて、脳内で抗議していると。

結花が上体を起こして——俺と向かい合う体勢になった。

布団に籠もってはいたけど、本当に仕度は、ほぼ済ませていたらしい。

ベストをまだ着てないくらいで、ワイシャツとスカートには既に着替えて——。

「……？　遊くん、どうして目を逸らすんですか？」

「いや、どうしてというか……」

布団の中で散々、ごそごそしてたせいだと思うんだけどさ。

結花のスカート……とんでもなく捲れちゃってるんだよね。

目の毒なくらい露わになってる、程よい肉付きの太もも。

あと、ワイシャツのボタンも、なんか知らないけど外れてて。

そのせいで綺麗なくびれも、水色のブラジャーも、小ぶりだけど形の良い胸も……すべてが曝け出されてるわけだよ。

ね？　とてもじゃないけど、直視できないじゃん？

もしも直視なんかしたら……俺の身体が、人前に出られない状態になる。絶対に。

「あ、ひょっとして。見つめられたら恥ずかしいって、さっき言っちゃったから？　うー、だったらごめんなさい……やっぱり寂しい。こっち見てください」

「いや、そうじゃない。そうじゃないし、見たいけど、見たらまずいっていうか……」

「えいっ」

痺れを切らしたらしい結花が、俺の頰に手を添えて。

ぐいっと強制的に、自分の方へと向き直らせた。

視界に飛び込んできたのは、はだけたワイシャツと、際どいところまで捲れたスカートを身に纏った——上目遣いの眼鏡な結花。

「私から目を逸らしちゃ、だめなんですからね……遊くん」

ハイブリッド結花から放たれる、とんでもない殺し文句。

俺の脳内で、何かしらが焼き切れるのを感じた。
……OK、分かったよ。俺の負けだよ。
学校より大事なものが、ここにあるってことなんだな。
ということで、俺はお言葉に甘えて、結花のことをじっくり見──。
「ん？　……あ、あれ？　私ってばボタン留めてな……うにゃ、スカートが⁉」
そんな最悪のタイミングで。
結花は自分の格好に気が付いたらしく、バッとうずくまった。
顔を真っ赤に染めて、上目遣いに俺を見てくる結花。
やっちまった……という遺憾の意を込めて、結花を見ている俺。
「……遊くんのえっち。でも、そんなに見たいんなら……」
そして結花は。
おもむろに上体を起こすと──両手を頭の後ろで組み、くいっと腰を捻った。
ワイシャツがさらにはだけて、お腹が覗く。さらには、健康的な腋も露わになる。
そして、捲れたスカートから覗く太ももを擦り合わせながら。
結花は、得意げにウインクをして──言ったんだ。

「え、えい！　セクシーポーズで……悩殺ですっ！」

◆

朝っぱらから大暴走したハイブリッド結花のおかげで、悶死しかけたけど。

俺はどうにか持ち直して、結花と一緒に家を出た。

二人が交際中なのは、クラスでもオープンになったものの……さすがに同棲してるってバレるのはあれなので。

カモフラージュとして、大通りに出るところで結花と別れて、校門のところで再度合流する形を取る。

「──あ。おはよう、遊くん！」

校門をくぐると、眼鏡姿の結花が、パタパタ駆け寄ってきた。

飼い主を見つけた小犬のような、純粋無垢な笑顔。

ほんの数分前まで一緒にいたはずなのに、今日初めて会いましたみたいなテンションの結花が、なんだか微笑ましい。

「おはよう。おはようー」

だけど俺は――結花のことが直視できなくって、思わず顔を背けてしまう。

いや、だってさ。家を出る前に、セクシーポーズで悩殺しようとしてきた相手だよ？

そんな相手と、平常心で接するなんてできるか？

できるとしたら……そいつは人間じゃない、モンスターだ。

「おーはーよー。おはよ！　おはよ？　……えへー、お・は・よ？」

そうやって俺が、自分の煩悩と戦ってる間にも。

結花が別ベクトルのパンチラインで、俺に精神攻撃を仕掛けてくる。

「ごめんごめん、結花。気付いてるよ？　ちゃんと気付いてるから……取りあえずその挨拶攻撃、やめようか？」

「オハヨー、ユウカチャンダヨ」

「いいよ宇宙人は⁉　聞こえてるってば！」

「……私には、聞こえないもん。遊くんからの、おはようが」

「うっ……」

「おはよう不足です。悲しい……これは、死んでしまうかもしれません。ぐえ」

目をバッテンにして、「ぐえ」って顔をする眼鏡姿の結花。

かつてクールだった学校結花が、とんでもないポンコツ少女と化している。

分かった。全力で謝罪するから、それやめて？　ギャップの高低差で、心肺が急停止しちゃう可能性があるから。

「――って、ちょいちょーいお二人さん！　なぁにやってんの、こんなとこで？」

そんな俺の背中をバシンと叩いたかと思うと、一人のギャルが結花に抱きついた。

この陽キャなギャルの名は、二原桃乃。

特撮ガチ勢という隠れ特性を秘めた、結花の親友だ。

「結ちゃん……もとい、可愛いお嬢ちゃん。どーよ？　うちと一緒に、火遊びしない？」

「きゃー、桃ちゃんに遊ばれるー。私には遊くんという、心に決めた人がいるのにー」

くっついたまま茶番を言いあって、楽しげに笑ってる二人。

二原さんはニコニコしながら、茶色く染めた長い髪を掻き上げる。

「あははっ！　今日も結ちゃん、めっちゃ可愛いねぇ。んじゃ、一緒に教室いこー？　あ、佐方も」

「ついですぎない？　俺の扱い」

二原さんのいつもどおりな絡みが、なんだか胸に染みる。

なんだかんだ俺も、『カマガミ』の動画の件で気持ちが落ちてたからな。

ありがとう二原さん……なんて感謝しつつ。

俺と結花と二原さんは、教室に向かった。

「おい遊一！　昨日のアレ、どういうことなんだよ⁉」

そして――教室に入る直前。

俺の悪友・マサが、廊下の向こうから全力疾走してきたかと思うと。

その勢いのまま、俺にタックルを決めてきやがった。

「ぐほっ⁉」

「きゃー、遊くん⁉　倉井くん……分かりました。次は、法廷で会いましょう」

「怖っ⁉　綿苗さん！　その格好でそのセリフは、マジで洒落になんねぇって‼」

「洒落にならんことしたんは、倉井の方でしょーが」

加害者マサの頭頂部目掛けて、チョップを繰り出す二原さん。

黒縁眼鏡の下で涙目になりながら、マサはその場にしゃがみ込む。

「ったく。お前は朝っぱらから騒がしいな……で？　なんだよ、昨日のアレって？」

「何って、決まってんだろーが‼　あの声優荒らしのＭｅＴｕｂｅｒ『カマガミ』がアップしやがった――和泉ゆうなの動画だよ！」

『カマガミ』。

その名前に、俺は心臓が冷えていくような感覚に陥る。

「え、何それ？『カマガミ』って、なんのことさ？」

まったく事情が呑み込めてない二原さんが、結花に尋ねた。

けれど結花は……言葉にできずにいる。

――そのときだった。

教室の扉が開いて、数人のクラスメートが駆け寄ってきたのは。

「あ、綿苗さん！　ねぇ、綿苗さんって……声優やってたの？」

「学校のときと、声優のときで、あんなに見た目が変わるんだね。すごくない⁉」

「あの彼氏って、佐方のことだよな？　すげーな！　有名なファンっているんだな‼」

飛び交う不協和音。

息を吸おうとしてるのに、空気が重たくて、肺に流れてこない。

そうして固まってる俺に向けて……マサがすっと、自身のスマホを差し出してきた。

そこに映っているのは、『カマガミ』が昨日アップした暴露動画。

その――切り抜き動画だった。

「……なんだよ、これ？」

その動画には、結花が映っていた。

眼鏡を掛けて、髪の毛をポニーテールに結った、制服姿の学校結花が。

その下にはテロップで――『声優：和泉ゆうな』と書かれている。

同じく動画に映っている、素の外見のときの来夢にも、『声優：紫ノ宮らんむ』というテロップが出されていて。

俺は……一応モザイクを掛けられてはいるものの、『和泉ゆうなのファン：恋する死神』というテロップが添えられていた。

「『カマガミ』の動画は消えたけどよ……動画を観た連中が、こうやって切り抜きをアップしやがった。その切り抜き動画を観たクラスの奴らが、映ってるのが綿苗さんだってことに気付いて……俺が学校に来たときには、もう噂が広まってやがったんだよ」

マサの言葉が――途中から聞こえなくなる。

そんな俺を押しのけて。

結花はその場から、逃げるように走り出した。

「あ、綿苗さん⁉」

「待ってよ、ねぇー」

「――ちょっと！　あんたら、いい加減にしなよ‼」

がやがやと騒ぐクラスメートたちを、二原さんが一喝する。

間髪いれずに、そんな二原さんに加勢してくれるマサ。

ありがとな……二人とも。

二人の友人に感謝しつつ、俺は――結花の後を追って駆け出した。


学校を飛び出し、結花の姿を探す。

すると、小道に入ったところでしゃがみ込んでる、結花の姿を見つけた。

「結花！」

俺が慌てて駆け寄ると、結花は立ち上がって、俺の胸に飛び込んでくる。

「……ごめんね、遊くん。急に飛び出して、心配掛けちゃったよね。ただ、なんか……昔のことを、思い出しちゃって」

――中二の頃。

「なんとなく気に食わない」なんて、本当にくだらない理由で、結花は一部の女子から嫌がらせを受けていた。

そして、仲の良かった友達すら、離れていって。

傷つき果てた結花は、やがて学校に通うことができなくなった。

クラスメートが、今までと違う目で自分を見るようになる――それはきっと、そんな過去を思い出させる、恐ろしい光景だったんだと思う。

分かるよ。

だって……俺も同じ気持ちだから。

――中三の十二月。

俺は、当時好きだった相手――野々花来夢に告白して、フラれた。

そして、たまたま目撃したらしい奴に、そのことを言いふらされて。

俺がフラれたという事実は、翌日にはクラス中に知れ渡っていた。

そして、からかいの的になった。

さっきのクラスの雰囲気は……あのときの景色に似ていたんだ。

思わず叫びたくなるくらいには。

「……ガラスの部屋の中に、戻っちゃったみたい」

結花は震える声で、そう呟いた。

「みんなのことは見えるけど、近づくことができない……独りぼっちのガラスの部屋。また私、中学の頃みたいに――あの場所で泣いてるしか、できなくなっちゃうのかな？」

「そんなこと、俺がさせない」

珍しく弱気になってる結花を見て。

自分の中から、熱いものが込み上げてくるのを感じた。

「何があったって、俺だけは結花のそばを離れない。独りになんて絶対にさせない。結花が泣いてるところなんて――もう、見たくないから」

「ちょっとちょっと、遊一くん。俺『だけ』って何よ、『だけ』って」

――そのときだった。

馴染みのある大人びた声が、聞こえてきたのは。

結花と俺が、ほとんど同時に、声のした方に向き直る。

そこにいたのは、ショートボブの髪型をした大人の女性――鉢川久留実さんだった。

「わたしだって、いるんだけど？　わたしも最後まで、ゆうなの味方から揺るがないわ。独りになんて、絶対にさせない。だって、わたしは――マネージャーだもの」

第4話　透明な鉢でいつか、苗が花を咲かせるまで

『カマガミ』がアップした暴露動画によって、綿苗結花＝和泉ゆうなという事実は、クラスメートたちも知るところとなった。

周りの自分を見る目が変わる。

知らないところで自分の噂話が広がる。

そんな状況に置かれたら、俺も結花も……どうしても辛い過去を、思い出さずにはいられなくって。

ひとまず今日のところは、学校を休んで、気持ちを落ち着けることにした。

『佐方、結ちゃんはだいじょぶ？　もし伝えられそうなら、伝えてほしい。うちは何があったって絶対、結ちゃんの味方だかんねって』

ソファに座ったところでスマホを見ると、そんなＲＩＮＥが届いてた。

二原さんらしいそのメッセージに、なんだか温かい気持ちになる。

どんなときだって、俺や結花の味方でいてくれる二原さん。

本当にヒーロー気質だよね……いつもありがとう。

感謝の気持ちとともにスタンプを返信して、俺はスマホをテーブルに置いた。

「遊一（ゆういち）くん。色々とありがとうね」

同じくソファに腰掛けている鉢川（はちかわ）さんが、小声で言った。

学校を出た後、道端でばったり会った鉢川さん。

ちょうど、我が家を訪ねてくるところだったらしく……そのままの流れで、こうして家にお招きした次第だ。

ちなみに結花は、ただいま二階で着替え中。

「昨日の夜、何度か電話したんだけどね。ゆうなってば、出ないんだもの。何かあったんじゃないかって、気が気じゃなかったわ」

「すみません、鉢川さん。いつも心配ばっかり掛けちゃって」

「謝ることじゃないわよ。だってこれが、マネージャーの仕事なんだもの」

そう言って笑う鉢川さんのことを、ぼんやりと眺める。

明るい茶色に染めたショートボブの髪。

アイシャドウやマスカラのせいか、かなりぱっちりとした目元。

服装は、黒のジャケットとタイトスカート。唇にはピンクのルージュ。

完全に仕事モードな鉢川さんって、間近で見たら……結構、大人の女性の色気みたいなのがあるんだなぁ。

――なんて、ぼんやり思ってると。

「ん？　あれぇ？　遊一くんってば、ひょっとして今……わたしのこと、いやらしい目で見てたりした？」

俺の視線に気付いたらしい鉢川さんが、ニヤニヤしながら言ってきた。

まずい。

このままだと、俺が誰彼かまわず性的な目で見るヤバい奴って、そういう烙印を押されてしまう！

「い、いえ！　ぜんっぜん見てないです‼　鉢川さんを、いやらしい目で？　そんなこと、天地がひっくり返ってもありえないですよ‼」

「……あー、はいはい。そーですよね、分かる分かるー。あるわけないわよねぇ……だって男はみんな、若い子の方が好きだもんね！　けっ‼」

え？　なんでこの人、急にふてはじめたの？　那由みたいな、「けっ」まで発動しちゃって。

じゃあ何か？　いやらしい目で見てほしかったってことなのか⁉

正解が分からない……女心、複雑がすぎる……。

「………じー」

思わず頭を抱えそうになったところで。

俺はふっと、リビングのドアが僅かに開いてることに気付いた。

その隙間からは、いつの間にか着替え終わったらしい結花が、こちらを覗いてる。

「結花ちゃんは見た……遊くんが、大人のおねーさんの魅力にやられて、触っちゃおうかなーってやってるところを！」

「一切してないな⁉　幻覚のたぐいだよ、それ‼」

「そうよ、ゆうな！　遊一くんは、年増にはまったく魅力を感じないんだってさ‼　これっぽっちもね！　肌の質感が違うとかなんとか‼」

「言った覚えのあるフレーズがひとつもないな⁉　こっちは幻聴かよ‼」

結花が来た途端、くだらない会話がはじまって。

どこか重たかった空気が、すぐに柔らかなものに変わる。

――やっぱり結花って、ゆうなちゃんみたいだよな。

無邪気で、天真爛漫で。

しょっちゅうドジなことするし、突拍子もないこともしちゃうけど。

そんな一生懸命な姿を見ていたら、いつの間にか——見てるこっちの方が、笑顔になっちゃってる。

宇宙一可愛い天使、ゆうなちゃん。

その中の人——綿苗結花。

「久留実さん。昨日は電話に出られなくって、ごめんなさい」

ちょこちょことリビングに入ってきた結花が、鉢川さんに頭を下げた。

「お話ししなきゃって、思ってたんですけど。動画がアップされたばっかりだったから……なんだかうまく、話せる気がしなくて……」

「いいのよ。事が事だからね。無事だったんなら、それだけでいいわ」

そう言って、優しく微笑む鉢川さん。

そんな鉢川さんを見て、少しだけ表情が和らぐ結花。

取りあえず、結花と鉢川さんがソファに隣りあって座れるようにと、俺はカーペットの方へと移動した。

そして結花は、ちょこんとソファに座ると。

「久留実さん。らんむ先輩は大丈夫ですか？」

開口一番。

自分のことじゃなく、先輩声優のことを尋ねた。

「動画はちょっとだけしか、観てないんですけど。らんむ先輩も、素顔が晒されちゃってましたよね？　だからその、学校とか、色んなところとかで……困ってないか心配で」

「らんむとは昨日話したけど、大丈夫そうだったわ。確かに素顔をリークされはしたけど、スキャンダル的な内容が出たわけじゃないからね。そのくらいでダメージを受けるほど、やわじゃないわよ。らんむは」

確かに。

紫ノ宮らんむは――野々花来夢は。

演技に身を捧げると誓って、日常ですら『演技』をして生きてきた奴だからな。

万が一、素顔バレの件で何か言われたところで、きっと「あははー」って笑いながら受け流すだろう。

「心配なのは、ゆうな。あなたの方よ」

今度は鉢川さんが、結花に対して投げかける。

「ごめんなさい……いっぱい心配かけちゃいましたね」

眉をひそめる鉢川さんに対して、結花は微笑を浮かべた。

そして、鉢川さんをまっすぐに見つめて。

「久留実さん。『カマガミ』さんの動画は消えたって聞きましたけど、切り抜き動画はまだ残ってるんですよね？」

「切り抜き動画も、順次削除されてはいるわ。ただ、一件や二件じゃなかったから、まだ全削除はできてない。それでも、六条社長たちが動いているから、遠くないうちに――」

「その切り抜き動画、観てもいいですか？」

「え？」

鉢川さんが、呆気に取られたように、大きく口を開けた。

俺も絶対……同じような顔、してるけど。

『カマガミ』の暴露動画のことも、それが原因でクラスメートにスキャンダルを知られたことも、怖がっていたはずなのに。

敢えてその動画を観たいだなんて――何を言い出すんだ、結花は？

◆

「『恋する死神』さんは――私のファンで、私の彼氏ですっ‼」

「告白は私からしました！　私が『恋する死神』さんを大好きすぎたので‼」

「いえーい、ぴーす」

結花たっての希望もあり。

俺たちはパソコンを使って、アップされた切り抜き動画を観ることにした。

そこに映っているのは、モザイクも一切かけられてない、綿苗結花そのもの。

切り抜いた箇所によって、眼鏡&ポニーテールという学校結花のときもあれば。

眼鏡を外して髪をほどいた、家結花のときもあるけれど。

いずれも『声優：和泉ゆうな』とテロップをつけられた――そんな動画ばかりだった。

「…………」

結花が無言のまま、コメント欄を開く。

投稿されたコメントの数は、思ったよりも多い。

■やばくね？　こんなの、完璧なストーカーだろ

■通報しました

■ぴーすｗｗｗ　むしろ可愛い

■声優だって人間だぞ？　彼氏がいたくらいで、叩く奴の気がしれない

そんな、どちらかというと和泉ゆうな側を擁護するコメントもあれば。

■**声優ファン、息してる？　この子はお前らのことなんか、興味ないんだってｗｗ**
■**自分たちが気持ち悪がられてたって、ようやく分かった？**
■**マジかよ……彼氏いるなら、もう推すのやめるわ**
■**彼氏とのエロい動画もアップして**

和泉ゆうなやファンのことを、不快にさせるようなコメントも散見される。

あとはたまに、よく分かんないコメントも。

■**【悲報】くるみん、担当声優に恋愛で先を越されて涙目ｗｗｗ**

「……こいつ、古参の奴ね」

鉢川さんがぼそっと、冷え切った声で言った。

俺はおそるおそる、鉢川さんに尋ねる。

「くるみんって、ひょっとして……鉢川さんのことですか？」

「ええ。わたし、ゆうなやらんむのマネージャーになる前――でるのマネージャーだったんだけどね。その頃スタートした『でるラジ』で、リスナーがわたしの彼氏いないネタを弄るっていう、定番の流れがあったのよ。そのせいで、今でもたまに、こういうふざけたコメントをする奴がいるわけ。でる……絶対に許さない」

目がマジだった。

自分とは無関係なスキャンダルで、殺意を向けられる掘田でる……いつもそういう役回りの人だな、本当に。

「……興味ないなんて、思ったことないのになぁ」

マウスを握り締めたまま、結花がぽそっと呟いた。

「気持ち悪くなんかないよ……応援してくれてありがとうって、いつだって思ってるよ……ごめんね。私のせいで、傷つくこと言われちゃったね……」

そして結花は。

ぐしぐしっと、目元を袖で拭った。

「久留実さん。やっぱり私、第二回『八人のアリス』お披露目イベントは辞退します。私のせいで、楽しいイベントが台無しになっちゃうのは……嫌だから」

「それでいいの？」

「……はい。スキャンダルのせいで、傷つくことを言われてるファンもいて。イベントに飛び火したら、他のキャストも悲しい思いをしちゃう。そんなの嫌だから……イベントは辞退したいです。それに、もしもこんなことが続くんだったら……和泉ゆうなとしての他の活動だって……」

「――あぁぁぁぁ！　もぉぉぉぉ我慢できないわ‼」

結花の言葉をかき消すように、そう叫ぶと。

鉢川さんはバッと、ジャケットを脱ぎ捨てた。

そして、ボタンをすべて外すと、ワイシャツから腕を抜いて――。

「きゃあああああ⁉　遊くん、見ちゃ駄目ええええ⁉　久留実さんが、えっちな誘惑してるぅぅぅ‼」

「ぎゃあああああ⁉　強い、強い！　結花、目を隠すにしても力加減がおかし――ひぃいぃいぃ、目が潰れるぅぅぅぅ‼」

「……何してんの、二人とも？　下にTシャツ着てるわよ。痴女じゃないんだから」

「だったら、そう言ってから脱ぎましょうよ⁉　行動だけ切り取ったら、痴女まっしぐらでしたからね鉢川さん⁉」

結花がパッと、目元から手を離すと。

白地に変な文字が書かれたTシャツ、下はタイトスカートのままという――仕事とオフの狭間みたいな格好をした鉢川さんが、ソファに座っていた。

そして鉢川さんは、カバンから透明な液体の入ったビンを取り出すと。

ぐびぐびっと……その液体を呑みはじめた。

あちゃー。

「ついにやっちゃいましたね、鉢川さん……スキャンダル対応に疲れて、昼間からやけ酒……肝臓とか気を付けた方がいいですよ？　あ、まさか車で来てないですよね？」

「仕事中に呑むわけないでしょ！　これはお酒に見せかけた、ただの水‼　遊一くん、わたしのことをなんだと思ってるの？」

「酔ったらやばい人」

「うるさいなぁ！」

即答したら怒られた。事実なのに。

そして鉢川さんは――隣に座ってる結花の方へと、向き直る。

「……わたし、仕事のオンオフのスイッチ、がっつり入れてるタイプなのよね。オフが自堕落だから、モードを切り替えないとヤバいっていうか……だから、服装とかお酒の代わりの水とか、これくらいやらないとオフに戻れないの。ごめんね、いきなり騒いで」

「だ、大丈夫ですっ！　よかった……みだらな格好になって、お酒を呑みながら男子高生を誘惑する久留実さんは、いなかったんだ……」

「……ゆうなも、わたしをなんだと思ってるの？」

げんなりした顔でそう言ってから。

鉢川さんは――「ぷっ」と吹き出した。

そして、微笑み（ほほえ）を湛え（たた）たまま……鉢川さんは、結花の腰に手を回した。

「にゃっ⁉　く、久留実さん？」

「じゃ、そーいうわけで。オフのわたしとして、言わせてもらうわよ？　ゆうな――ふざけんなぁ、このー‼」

「んにゃあああ⁉　あはははは っ！　く、久留実さん、くすぐった……あははははっ！　やめてくぢゃさっ……あはははははっ‼」

「……ほら。やっぱ、ゆうなはさ。笑ってる顔が、一番素敵だよ」

結花の腰あたりを、めちゃくちゃにくすぐってから。

鉢川さんはふいに、そんなことを言った。

そして、結花の頭へ手を伸ばして——ゆっくりと撫ではじめる。

「……事務所に入ったばっかの頃の、ゆうなはさぁ。いっつも泣きそうな顔してたよね。自信がなくって、周囲にビクビクしてて……今みたいな笑顔は、なかったな」

「……そうですね。全然だめだめでした……」

「でもさ。ゆうなは変わったよ。どんなときだって全力で、どんなことにも負けないぞって立ち向かう、そんな子になった。沖縄公演のときとか、なんて無茶言ってんのさー‼　って感じだったわよ。本当に、もぉ……大好きよ、ゆうな」

結花の頭を撫でながら。

鉢川さんは笑った。

笑いながら——頰を一筋の涙が、伝っていく。

「あははっ。マネージャーがこんなこと言っちゃ、駄目なんだろうけどさ……手の掛かる妹みたいなんだよね、ゆうなって。ハラハラさせられることも、めちゃくちゃあるけどさ。成長していくあなたを、近くで見ていられることが、本当に嬉しいんだ。あなたの笑顔が——いつだってわたしに、元気をくれるんだよ？　……ありがとね、ゆうな」

「……久留実さん」

鉢川さんの口から溢れ出た、結花への想い。
そんな言葉を聞いた結花は、瞳にじんわりと涙を滲ませる。
そして、鉢川さんは——ギュッと強く、結花を抱き締めた。

「……いつかあなたが、笑って和泉ゆうなを引退するときがきたら。わたしは笑顔で、あなたを送り出すわ。だけど、あなたが泣き顔で、和泉ゆうなを辞めることだけは——絶対にさせたくない。マネージャーとしてじゃない。鉢川久留実として——最後まであなたのために、足掻きたい。だから……笑って、ゆうな？」

「……ごめ、んなさい……久留実、さん……ごめ、んね……遊くん……」

鉢川さんの胸の中に、顔を埋めたまま。
結花はしゃくり上げながら、言葉を紡いでいく。

「みんなにも傷ついてほしくないし……私もこれ以上、傷つきたくないって思って……イベントに出ることにも、声優を続けることにも、弱気になっちゃってた。辞めちゃおうかなって、悩んじゃってた。だけど……本当はそんなの、嫌なの。私はまだ……和泉ゆうなでいたいから……」

「――ファンを名乗るからには。和泉ゆうなの日々が幸せであることを、一番に願うべきだ。推しを泣かせる言葉を吐く奴は……俺に言わせりゃ、ファンじゃない」

俺は迷うことなく、そう言った。

結花が――和泉ゆうなが。笑顔でいてくれることが。

俺たちファンにとって、一番の幸せに決まっているから。

「結花が一番やりたい道を選んでくれ。そして、その場所で……みんなで一緒に笑おう」

そう告げた途端、結花は鉢川さんから離れて――俺の胸の中に飛び込んできた。

そんな結花のことを、俺は強く抱き締める。

「……ねぇ、遊一くん」

そんな俺たち二人を、優しく見守りながら。

鉢川さんは、言ったんだ。

「ゆうなが変われたのは、『恋する死神』のおかげよ。だから……ね？　遊一くん。これからもずっと――ゆうなの手を、繋いでいてあげてね」

第5話　あの日の涙を、海に還せば

『カマガミ』の暴露動画が投稿されてから、二日が経った。

和泉ゆうなのスキャンダルが世に出たことも、クラスメートに綿苗結花＝和泉ゆうなだと知られてしまったことも……ショックは大きかったけど。

鉢川さんに励まされて、俺も結花も、どうにか気持ちは持ち直せた。

ありがとうございます、鉢川さん。

なんて思いつつ。今日の俺と結花は、絶賛――。

――学校をサボってる。


「…………」

「ぐてー」

「……あの、結花さん？」

「なんですか、遊くんさん？」

自室のリビング。ソファに腰掛けた、俺の膝の上。

そこで結花は、うつ伏せの体勢のまま――ご機嫌に寝そべっていた。

……なんですか、じゃないよね？

どっちかっていうと、こっちのセリフだと思うわ。それ。

「えっと、結花。そんなにずっと、乗っかられてるとですね……」

「乗っかられてると、なんでしょーか？」

「重……くはない。うん、重くはないよ？ むしろ軽すぎて、紙かな？ ってびっくりした！ びっくりしたんだけど……脚が疲れたんで、ちょっと休け――」

「ぶー！ 遠回しに重いって言ってるじゃんよー‼ 乙女心が傷ついたー！」

「……じゃあ、ストレートに『重いからどいてほしい』って言えばよかった？」

「あー、ストレートに重いって言った！ ばーか！ 遊くんの、ばぁか、ばぁか！ もう、怒ったもんねー‼ 怒ったから……ちゅーしろー」

などと申しており。

どう足掻こうが、ずっと結花の甘えるターン。トラップ問題だよ、こんなの。

許嫁（いいなずけ）歴も一年近くになると、自由自在な甘え方になるもんだなぁ……いや、結花はもともと、甘え方のプロだったたか。

……まぁ、色々と思うところはあるけど。

ここ数日、結花も気疲ればっかりだったと思うしな。

今日は素直に甘やかしてあげよう。

というわけで俺は——仰向けに体勢を変えた結花に、キスをした。

「……んっ。ふへへっ……大好き、遊くん」

「そんなニコニコしないでってば……照れるでしょ、もぉ」

顔を離しつつ、俺は結花の頭を、わしゃわしゃっと撫でる。

すると結花は、俺の手をガシッと掴んで、頭頂部をギュッと押し当てたまま……ふるふる左右に頭を振りだした。

俺が撫でる力と、結花が頭を振る力で、二倍のなでなでパワー。

「ふっへへっ♪　気持ちいーなー♪」

「今日はいつにも増して、甘えっ子全開だね……っていうか結花、元気じゃない？　学校を休みたいって言った割には」

そう。

今日、学校を休もうって言い出したのは、結花の方だ。

だから、また気落ちしちゃってるんじゃないかって心配してたんだけど……杞憂だったみたい。

今の結花は、何かを思い詰めた感じじゃない。

むしろ、なんだか……憑き物が落ちたような。

そんな顔をしている。

「んー……元気はまだ、八十%くらいかな？」

セルフなでなでを続けつつ、結花はにっこりと笑った。

「でも、もうちょっとで元気百%になると思う。遊くんのちゅーと、なでなでマジックでね！　今日はそのための、お休みだもんっ」

「どういうこと？」

「遊くんに甘え放題して、弱気とかネガティブとか、そういうのぜーんぶ吹っ飛ばしちゃって――それからもう一度、頑張るんだ。和泉ゆうなとして」

――――和泉ゆうなとして。

『カマガミ』の一件を受けて、和泉ゆうなとして活動を続けることを、諦めそうになっていた結花。

そんな結花が、また立ち上がったんだって思うと。

……思わず涙が出そうになる。

「ということで、遊くーん？　今日はめちゃくちゃに、甘やかしてほしいなぁー？」

「……うん。分かったよ、結花。俺がめちゃくちゃに甘やかす。俺が結花に、全力で元気を注いでみせるから」

「え、えへへっ……そんなに見つめられたら、恥ずかしいよぉ。ばーか……遊くんのことを、好きにさせすぎだってば」

「――ふふっ。結花もいつの間にか、大人になっていたんだね？　子猫ちゃんだとばかり思っていたけど。もうすっかり、成熟したレディだ」

「うきゃああああああ⁉」

結花の絶叫が、響き渡ったかと思うと。

リビングにいつの間にか侵入していた不審者が……結花によって突き飛ばされた。

そして結花は、ぜぇぜぇと肩で息をしながら叫ぶ。

「い、勇海ぃ！　あんた、なんで突然、我が家に現れてんのよ⁉　っていうか、学校はどーしたのよ⁉」

「学校は休ませてもらったよ。どうも重い病みたいなんだ……そう。結花を想うがゆえの、恋の病ならぬ、結花の病。その特効薬は――結花。君なんだよ？」

「うっさい、ばーか！　帰れ、帰れー‼」

歯の浮くような軽口と、結花の子どもじみた罵声。

そんな感じで、結花といつもどおりな小競り合いを繰り広げているのは、結花の妹――綿苗勇海だった。

黒く長い髪の毛を、首の後ろで一本に結って。

白いワイシャツと黒い礼装をあわせた、執事のような格好をした勇海。

カラーコンタクトを入れた瞳は、海のように澄んだ青色をしている。

相も変わらず、男装の麗人な風体だな。うちの義妹は。

「遊くん！　この子、勝手に家に入ってきてるよ‼　大変、不法侵入だ！　警察に突きだしちゃおう‼」

「不法じゃないよ？　ちゃんと那由ちゃんから受け取った合鍵を使って、入ってきたんだもの」

「それは合法の鍵じゃねぇ！　ったく……二人まとめて警察に連れてくぞ？」

たとえ親族だろうと、何も言わずに家に入ってくるのはやめろよ。

プライバシーって概念を知らんのか、こいつらは。

「だけど正直、びっくりしましたよ。結花と遊にいさんって、ここまで関係が進んでたんですね？　那由ちゃんが、焼きもち焼きそうだなぁ」

「ここまで……って。どこまでのこと言ってんの、お前？」

「え。どこまでって、そりゃあ――」

勇海はあっけらかんとしながら、言い放った。

「結花が『今日はめちゃくちゃに、してほしい』って言って。遊にいさんが『めちゃくちゃに、注いでみせる』って返して。結花が『遊くんの、好きに』って。なので……どこまでと言われたら、最後までとしか」

「なんで中途半端にセリフを抜粋するんだよ⁉　悪意ある編集だぞ、それ！」

セリフをうまく切り貼りすれば、普通の会話があっという間に、18禁に早変わり。

那由といい勇海といい、うちの妹二人はなんでいつも、話を捻じ曲げるんだよ……。

「とにかく！　めちゃくちゃに甘やかすって、そういうアダルトな意味は、全然含んでないから。健全でしかないから。なぁ、結花？」

「え⁉　え、えーと……んーと………」

ん？　なんで言い淀むの結花？

疑問に思う俺に対して、結花は上目遣いになって。

「ち…………違った、んだ？」

「…………え？」

結花の顔が、トマトみたいに赤く染まっていく。

そんな結花の反応に、俺はフリーズしちゃって、何も言えやしない。

しばしの間、黙って見つめあう俺と結花。

そんな俺たちに対して、勇海は言った。

「なるほど。それじゃあ、逆に考えましょう二人とも？　僕が指摘したことで、結花が淫靡なロマンスを期待していた事実が、遊にいさんに伝わった。その結果、二人は今晩……お楽しみですよね？　つまりこれは、僕のお手柄ということでは？」

――――その後。

俺と結花によって、勇海がめちゃくちゃに叱られたのは、言うまでもない。

来訪と同時に騒ぎを起こした勇海を、二人掛かりでお説教してから。

俺たち三人は、ダイニングテーブルについてコーヒーを飲んでいた。

隣に座った結花は、ぷっくりと頬を膨らませて、勇海を睨んでる。

一方の勇海は、俺の正面に座ったまま、相変わらずの爽やかスマイルを崩さない。

「はぁ……それで？　勇海はなんで、急にうちに来たんだよ？」

尋ねてはみたものの、正直なところ、予想はついてる。

男装コスプレイヤーとして名を馳せつつ、地元では執事喫茶のキャストとしての人気も高い勇海。

なんでも、男子顔負けのイケメンっぷりと、歯の浮くようなキザなセリフを平然と吐くスタイルが、結構な人数の女性ファンにウケてるんだとか。

そういうファンを相手に、チャラついた日々を送っているせいなのか……勇海は結花に対しても、やたらと気取った接し方をしがち。

しかも、端々で結花を子ども扱いする言動を取ってるもんだから、いつもいつも結花に叱られまくってる。

だけど――本当は。

勇海は誰よりも、姉である結花のことを愛していて。過保護すぎるほどに、結花を心配してる奴なんだよな。

だからきっと、このタイミングでうちに来たってことは……『カマガミ』の件を知って、いてもたってもいられなくなったからなんだろう。

「どうして急に来たのか、ですか。そうですね、強いて理由を挙げるなら――結花が泣いていないか心配になったから、かな？」

「あー！　また子ども扱いしたー‼」

そうやって子どもみたいに声を荒らげる結花を見て、勇海はくすっと笑う。

「仕方ないじゃない。昔の結花が、泣き虫だったんだもの。だから僕は、そんな結花を護るナイトになろうって――心に誓ったんだから」

相変わらず、気取ったセリフ回しをする勇海。

だけど、その瞳はいつもと違って。

少しだけ潤んでるような、そんな気がした。

「ねぇ、遊にいさん？」

勇海がふいに、俺の方へと視線を向ける。

その表情は、いつになく真剣なもの。

「僕はずっと、結花のことを護りたかった。傷つくかもしれないことには、近づけたくなかったし。僕が代わりになれることなら、すべて引き受けてもかまわないと思っていました。だって僕は、もう……見たくなかったから。中学生の頃みたいに、笑顔をなくしてしまった――あんな結花の姿は」

――中二の夏頃。

結花はクラスの女子から嫌がらせを受けて、家に引き籠もるようになった。

そして勇海は、そんな結花を間近で見て……姉を護れるくらい強い自分になろうって誓って、『イケメン男子』として歩み出すようになったんだ。

「勇海のことだ。上京してきたのも、『カマガミ』の件を知って、気が気じゃなくなったからなんだろ？」

「……あんなの観(み)て、落ち着いていられるわけないでしょう？」

「勇海……」

さっきまで唇を尖(とが)らせていた結花が、今度は心配そうに勇海を見ている。

そんな結花を一瞥(いちべつ)してから、勇海はすっと席を立ち。

俺の隣まで――ゆっくりと歩み寄ってきた。

「遊にいさん、覚えてますか？　なんでも手を貸すだけが、『夫婦』じゃない――文化祭のとき、遊にいさんが僕に言った言葉です」

「ああ。覚えてるよ」


――文化祭。もう半年近く前なんだな。

あの頃の結花は、学校ではまだまだ、「お堅い綿苗さん」のままだった。

だけど結花は、そんな自分を変えたいって、そう決意して。

クラスの出し物だったコスプレ喫茶で、メイドとしての接客に挑んだ。

クラスのみんなと一緒に、楽しい文化祭にしようって、頑張ったんだ。

途中、思わぬハプニングもあったけど。

それでも結花は、俺の手を借りることなく――最後まで自分の力で、メイド役の仕事をやり抜いたんだ。

「自分が学校で頑張ってる姿を、勇海に見せたい――そんな結花の決心を、台無しにしたくなかったからな。だから、あのとき俺は……『夫』として、見守る選択をした」

「これからも、そうするつもりですか？　今回の暴露系MeTuberみたいに、極悪非道な奴が現れて、結花を毒牙に掛けるかもしれないのに？」

勇海が強い語調で切り返してくる。

その声は僅かに、震えていたけれど。

「……答えてください、遊にいさん」

そんな勇海を見つめたまま。

俺はゆっくりと立ち上がり、質問に答える。

「……いや。結花がもしも、自分だけじゃどうにもできないような、そんな苦境に立たされたときには。俺は全力で、結花のために身体を張るよ。だって……結花が傷ついたり悲しんだりする姿は、見たくないからな」

ふっと席を見ると、結花が窺うようにこっちを見ていた。

そんな愛しい許嫁の姿に、なんだか心が温かくなる。

「だけど……結花がもしも、自分の力で頑張ろうって、そんな気持ちでいるときは。きっと俺は――また見守るだろうなって思う」

「……どうしてですか？」

勇海なら、きっと――聞くまでもなく、答えは分かってるだろうに。

分かってても、俺の口から聞きたいとか、多分そういう感じのことなんだろうな。

どこまでも過保護な義妹だよ。まったく。

そして、どこまでも――優しい妹だね、結花。

「俺は結花の、『夫』だから。悲しませたくないのと同じくらい、結花がやりたいことに全力で挑む姿も、見ていたいんだよ。無邪気で甘えんぼうで、だけど頑張り屋で一生懸命で、そんな結花の全部を――世界で一番、愛してるから」

「……んにゃぁ……っ‼」

席についたまま、結花がなんか、猫みたいな声を漏らした。

口をわなわな震わせながら、頰をトマトみたいに真っ赤にさせながら。

そして、一方の勇海は……満足そうに笑い声を上げげた。

「あははっ！　さすがですね、遊にいさん。さすが……結花が好きになるだけの人です」

そして勇海は、結花にぺこりと頭を下げる。

「結花。照れくさくて、最初にからかうような言い方をしちゃって、ごめんね。結花はとっくに……自分の足で立ってる。もう、中学の頃の結花じゃない。分かっていたんだ。だからね——僕は今日、結花にエールを送りに来たんだよ」

「エール？　どういうこと、勇海？」

きょとんとした顔の結花を、愛おしそうに見つめながら。

勇海は優しく、微笑んだ。

「……もう、くだらない悪意なんかに負けないで。何があろうと、僕はいつまでも、結花の味方だから。もしも手助けが必要になったら、いつだって駆けつけるから。だから、ね……もう泣かないで？　笑顔の素敵な、僕のお姉ちゃん」

いつも素直じゃない義妹が、まっすぐに吐き出した想い。

そんな気持ちを聴いた結花は、勇海の手をそっと握る。

そして結花は、勇海に手を引かれて——ゆっくりと立ち上がった。

「……勇海。大好きだよ。いつもありがとうね。それから……ごめんね、だめだめなお姉ちゃんで」

「……こっちこそだよ。ごめんね、厄介な妹で。それから……ありがとう。大好きだよ。どんなときも、ずっと」

結花が勇海のことを、優しく抱き寄せる。
勇海もまた、素直に結花に身を委ねた。

「勇海。そうだよね。私はもう……泣いてばっかりだった綿苗結花じゃ、ないんだもんね？　ここで逃げちゃったら、昔の私とおんなじだもんね？　分かってるよ。だから私は──もう、前にしか進まない」

結花の瞳が、星空のように煌めく。
そして、女神のようにたおやかに、微笑んで。

「遊くん。勇海。和泉ゆうなを、辞めた方がいいのかなぁなんて……思ってもないことは、もうぜーったい、言わないっ！　だって私は、遊くんが大好きで。家族が大好きで。友達が大好きで。それから──ファンのみんなのことも大好きな、綿苗結花で和泉ゆうな、なんだもんっ‼」

「……うん。それでこそ、お姉ちゃん……だよ」

そう言いながら、ぼろぼろと。
勇海の目から、涙が零れ落ちていく。

慌てて目元を拭いつつ、勇海は結花から身を離した。

「あははっ。らしくないよね？　泣いたら、コンタクトが外れちゃったよ……ちょっと待ってね」

そして勇海は、御用達（ごようたし）のカラーコンタクトの代わりに、眼鏡を掛けた。

それにあわせて――一本に結っていた髪も、おもむろにほどく。

男装の格好のまま、首から上だけはオフの状態になった勇海。

眼鏡の下の潤んだ瞳は、透き通るように綺麗（きれい）で。

さらさらの黒髪が、腰のあたりまでストレートに流れ落ちてる。

そんな勇海の顔は、やっぱり――。

――結花に、そっくりだった。

「遊にいさん。ひとつだけ、お願いしてもいいですか？」

「内容によるな。勇海と那由の場合は」

「信用がないなぁ。姉妹の感動の場面に、水を差さないでくださいよ」

「普段の行いのせいだろ」

そんな軽口を言いあってから。
勇海は、俺のことをまっすぐに見て。
無邪気な笑みを浮かべながら、言ったんだ。

「遊にいさん。たとえ世界中を敵に回しても……結花とずっと、手を繋いでいてください。結花がもう、泣かないで済むように。そして、ずっと――笑っていられるように」
「……言われるまでもないっての」

結花が、学校のみんなと向き合うこと。
和泉ゆうなが、ファンと向き合うこと。
どっちもきっと、一筋縄じゃいかないと思う。
それでも俺は、何があろうと絶対に、結花のことを支え続ける。
結花が笑ってるときも。泣きそうなときも。繋いだ手は離さない。

そうじゃないと、『夫』だなんて――胸を張って言えないからな。

☆みんなへ☆

──中学生の頃の私は。
どちらかというと、『よく喋るオタク』でした。
咲良ちゃんたちと、アニメやマンガの話をずっとしてるような。
そんな女の子でした。

そういうのが、目立ったからなのかな。分かんないけど。
中二の夏頃から──クラスの目立つ女子に、ちょっかいを出されるようになりました。
最初は我慢してたんだけど、仲良しな友達も、段々と離れていっちゃって。
プツッと──糸が切れちゃって。
私は独りぼっちになりました。
みんなのことは見えるけど、透明な壁の向こうには、手が届かない。
そんな、ガラスの部屋の中にいるみたいで──ずっと独りで、泣いていました。

学校に行かなくなって、家に籠もるようになって、結構な時間が経って。

……そんな私じゃいけない！　って、私はある日、思い立ちました。

ガラスの部屋の外に出るんだって。

新しい世界に飛び込むんだって。

そこまで思い立っちゃうと、すぐ行動しちゃうところがあるんだよね。私って。

それで私は、新幹線に飛び乗って、地元から東京まで出て――。

『ラブアイドルドリーム！　アリスステージ☆』のオーディションに、参加したんです。

そして私は――『アリス』になりました。

高校生になって。声優『和泉ゆうな』になって。

私は遂に、ゆうなに声を吹き込むことになりました。

天真爛漫で、無邪気で、いつも元気な――私の大切な女の子。

『ゆうながずーっと、そばにいるよ！　だーかーら……一緒に笑お？』

ゆうなに命を吹き込んだ、初めてのセリフ。

たった一言なのに、全然うまくいかなくって。

めちゃくちゃ凹みました。
そう簡単に、弱虫な自分は変わらないんだなぁとか。
やっぱり自分って、だめなんだなぁとか。
この頃は……一人になると、落ち込んで泣いてばっかりだったっけ。

でもね。
そんな私に、ある日——手紙が届いたんです。
久留実さんから手渡された、一通のファンレター。

■恋する死神より■
ゆうなちゃん、初めましって。あなたが楽しそうな声で笑った瞬間——落ち込んでいた僕は、元気をもらえました。また、世界に飛び出すことができました。ありがとう、ゆうなちゃん。あなたのことが、大好きです。これからも、ずっとずっと、応援してます。

優しい『死神』さんは、その鎌で——私の弱気な心だけを、切ってくれました。

『恋する死神』さん。
遊くん。
…………私の、大好きな人。

そして私は、弱虫な自分にバイバイして——笑顔でいられるようになりました。
幸せな私に、なれました。
だから今度は——私が、届けたいんだ。
たくさんの人に、満開の笑顔を。いっぱいの幸せを。
私一人にできることなんて、本当に地味で、ちょびっとのことなんだけど。
それでも私は、届けたいんだ。
だって、それが私の——夢なんだから。

※これは出さない手紙！　勝手に読んだら怒るよっ!!※

第6話　春きたりて、雪解けて

早朝。

結花と勇海より先に目が覚めた俺は、一人でベランダに出た。

白みはじめたばかりの空は、やたらと綺麗で。

なんだか心が軽くなっていくのを感じる。

『遊一くん。色々と迷惑を掛けているようで、申し訳ない。どうか結花のことを、支えてあげてください』

『遊一さん。くれぐれも心身には気を付けてくださいね？　どうか間違っても、結花の復讐に身を焦がして、その手を赤く染めないで……っ‼』

勇海から昨晩聞いた、お義父さんとお義母さんからの伝言。

お義母さんのは正直、ちょっと何を言ってるのか分かんないけど……まぁ、それは置いといて。

お義父さんの言葉は、なんだかキュッと――身が引き締まる思いがした。

――俺はこれからも……彼女の笑顔を、守っていきます。
――楽しくて思わず笑ってしまうような毎日を、一緒に作っていきます。
一月に開かれた両家の顔合わせの場で、俺はお義父さんに対して、そう言い放った。
我ながら、たいそうなことを言ったもんだと思う。
だけど――その言葉に、一切の偽りはないから。
後悔はない。迷いもない。
この先どんなことがあったって……俺は最後まで、結花の笑顔を守り続ける。
だって俺たちは。
両家に認められた許嫁（いいなずけ）同士で。
――未来の『夫婦』、なんだから。

◆

「勇海ー？　私たち、そろそろ出るよー？」

時刻はちょうど、七時半頃。

朝食を済ませ、学校の仕度をあらかた終えた、俺と結花は――リビングのソファでくつろいでる勇海の方を見た。

いつもキメキメの男装をしてる勇海だけど、今日はまだ寝起きなこともあって、可愛らしいパジャマ姿のまま。

……えーと。

男装のときは、サラシを巻いてるから、気になんないんだけどさ。

その格好のときの勇海は――うん。とんでもない爆弾を胸に抱えてて、ついつい目で追ってしまう。

「ていっ」

「痛っ⁉」

すごい速度で、学校仕様の結花がデコピンをしてきた。

そして、眼鏡の下から、ジト目でこちらを見て。

「……勇海が胸に、とんでもない爆弾を抱えてるとか。思ってたでしょ」

「そんな一言一句まで分かるの⁉　超能力者のレベルでしょ、その技⁉」

「うっさいなぁ。ばぁか。ばぁぁぁか……遊くんの好きにしていいから、ちっちゃいので我慢してよね？　ばか」

今度はすごい速度で、結花が脳を破壊しにきた。

っていうか多分、脳内でなんかが切れて、出血してると思う。

あんまり強い言葉を使うなよ……死ぬぞ？

「あははっ。二人とも、相変わらず仲がいいですね。さすがは遊にいさん。おかげで……僕は安心して、ここで待ってることができそうです」

「待ってるって……勇海。あんた、帰んなくて大丈夫なの？　昨日も学校を休んで、うちに来たんでしょ？」

「お気遣いありがとう。だけど大丈夫。だって僕、中三だよ？　受験が終わったこの時期に、数日休むくらい、なんの影響もないよ」

「ん？　ああ、そうか。勇海って、受験生だったんだっけ？　そんな話題、一回も出たことなかったけど」

「受験終わったって……結果はどうだったのよ、勇海？」

俺と結花が、矢継ぎ早に聞くと。

勇海はふっと――眼鏡の下の目を細めて。

不敵な笑みを浮かべて、言った。

「関東の高校に、無事合格したよ。だから四月からは、僕も上京して一人暮らしの予定。ふふっ……これでいつでも会えるね、結花？」

「……はぁぁ⁉」

「何よそれ⁉　あんた、そういうのはもっと早く教えなさいよ！　もぉぉぉぉ‼」

──ってな感じで。

朝っぱらから勇海が、とんでも爆弾トークをぶち込んできたけど。

俺と結花は気を取り直して──別々に学校へと向かった。

さすがに、登校中に取り囲まれるのはごめんだったから、いつもより十分以上は早く家を出た。

おかげで通学路には、ぽつりぽつりとしか、学生の姿はない。

──昨日、一昨日と学校を休んで、俺も結花も色んなことを考えた。

和泉ゆうなとしての今後については、もちろんだけど。

俺と結花の、今後の学校生活のことも。

その上で今日、俺たちは学校に行くことに決めた。

ぞわぞわと……中学の頃のトラウマが、這い出してきそうになるけど。

過去は、今じゃないから。

俺は結花と一緒に――未来に向かって、進むんだ。


「あ。遊くーん」

校門の前についたところで、少し遅れて、結花が小走りに駆け寄ってきた。

そして、眼鏡&ポニーテールの格好のまま、にへーっと笑う。

「おはようからおやすみまで、遊くん大好き、結花ですっ！」

「奇抜な挨拶だな……どっちかっていうと、キャッチフレーズみたい」

「すーぐ文句言うー。それじゃあー……大好きございます、遊くんっ」

「大好きは、挨拶の言葉じゃないからね？」

まったく。結花ってば、緊張感がないんだから。

いや、もしかしたら……緊張をほぐすために、わざと言ってるのかもだけどね。

よし――それじゃあ行くか。

心の中でそう言って、俺は結花の手を取った。

「おお！　おはよう、佐方に綿苗‼　今日は登校してくれたんだな！」

――そのときだった。

校門の向こうから、はつらつとした声が聞こえてきたのは。

「来て早々で悪いんだが……授業がはじまる前に、先生と話をさせてくれないか？」

ボブカットの髪型。爛々と輝いてる瞳。

そして、見てるだけで感じられるくらいの、パワフルなオーラ。

彼女の名前は、郷崎熱子。

俺と結花の所属する、２年Ａ組の担任だ。

◆

郷崎先生に連れられて、俺と結花は生徒指導室に入った。

そして郷崎先生は、俺たちと向かい合う形で着席する。

「――『カマガミ』、だったかな。卑劣な輩が、ネット上に動画を上げて。そこに綿苗が映っていて……声優として取り上げられていたと。そう聞いているよ」

「はい。間違いないです」

結花が答えるよりも先に、俺は迷わず即答した。

その事実を知った郷崎先生が、どう思っているのかは分からないけど。

俺たちは、もう――逃げないって決めたから。

そんな俺のことを、郷崎先生はじっと見つめると。

信じられない言葉を、口にした。

「――綿苗が、声優として活動していて。そんな綿苗と佐方は、婚約をしていて、四月からずっと同棲をしている。そうだな？」

「…………は？」

「…………え？」

え、なんで？

だって、『カマガミ』の動画を観たとしても、俺たちが婚約してるとか同棲してるとか、そんなことまで分かるわけないのに。

そんな感じで、頭が真っ白になってる俺たちに向かって。

郷崎先生は真剣な表情のまま、言ったんだ。

「……校長に聞いて、二人の事情は知っていたよ。少し前からな」

――郷崎先生の話によると。

俺たちが同棲をはじめて、しばらく経った頃には。

結花が声優だってことも。俺と結花が婚約してることも。二人で生活を送ってるってことも。校長にはすべて、伝わっていたらしい。

伝えた犯人は、そう――うちの親父。

こっそり帰国したタイミングで、校長に全部説明してたんだとか。

またあいつだよ……今度こそ、息の根を止めてやるからな。

そして校長は、お義父さん・お義母さんにも、電話で確認を取ったそうだ。

その上で、両家の意向を汲んだ学校は――この情報を、上層部のみでの共有に留めることとした。

とはいえ、さすがにクラス運営にも影響する内容だからということで。

担任である郷崎先生には……のちに俺たちの真実が、告げられたんだそうだ。

「……そ、そうなんですね……びっくりした」

郷崎先生の話を聞いた結花は、あんぐりと口を開けている。

「びっくりしたっていうか……そうならそうって、先に言っとけよ……あのダブスタ狸親父……」

俺はというと――怒りでもう、頭が沸騰しそうだね！

親父、ぜってぇ許さねぇ‼

「……五月に、保育園のボランティアの話を持ちかけたことがあっただろ？　あの少し後だよ、校長から事情を聞いたのは。だから――いや、これはただの言い訳だな」

それぞれ違う反応をしてる俺たちを、交互に見ながら。

郷崎先生は、呟くように言った。

そして――。

「知らなかったとはいえ、綿苗の大事なライブを邪魔する形になってしまった。いつも暑苦しく暴走してしまう……本当によくないよな。佐方、綿苗……本当にすまなかった！」

机に額が、当たりそうなほどに。

郷崎先生はまっすぐ、頭を下げた。

思い掛けない謝罪の姿勢に、俺も結花も戸惑いが隠せない。

「……だから、綿苗。今度こそ、ちゃんとお前の意見を聞かせてくれ」

そして郷崎先生は。

ゆっくりと顔を上げて、真剣な表情で結花のことを見た。

「綿苗はこれから先、どうしたいんだ？」

そんな郷崎先生の問い掛けに対して。

結花はなんでもないことのように――微笑みながら答える。

「私の、やりたいことはですね……声優を続けたい。それから、遊くんとも一緒にいたいです。あ、もちろんクラスのみんなとも、素敵な想い出を作りたいですねっ！　他にもいーっぱい、楽しいことをやって――笑顔の毎日を過ごしたいです」

「綿苗は、意外と強欲なんだな」

「はいっ！　実は欲張りなんです、私って」

あっけらかんとした結花の態度を見て、郷崎先生はぷっと吹き出した。

それから、「あっはっは！」と豪快に笑いながら。

郷崎先生は、言ってくれたんだ。

「欲張りで結構じゃないか。やりたいことを全部やらないと、人生もったいないからな。そして、そんな生徒の本気を後押しするのが――教師の仕事だ。頼りないし、空回ってばかりの先生で申し訳ないが……今度こそ、二人のことを支えさせてくれ」

◆

始業のチャイムが、スピーカーから鳴り響いた。
だけど俺と結花は、生徒指導室に二人、残ったままだ。
――先生に任せてくれ！
そう言って郷崎先生は、生徒指導室を出ていった。
一体どうするつもりなんだか、さっぱり分かんないけど。
郷崎先生は全力で、結花の願いを叶えようとしてくれているらしい。
クラスメート全員に、今まで黙ってた真実を伝えたい。
そして今度こそ、素の自分で、みんなと一緒に笑いたい。
――そんな結花の願いを。
「おい、遊一！　いいか、開けるぞ？」
そのときだった。

生徒指導室のドアが、ガラッと開け放たれて――見知った顔が入ってきたのは。

「よぉ。遊一、綿苗さん。元気だったか？　……迎えに来たぜ」

ツンツンヘアに、黒縁眼鏡。

それと意味のない、格好つけたニヒルな笑い。

うん。これは紛れもない、マサですね。

『アリステ』をこよなく愛する、俺の悪友――倉井雅春。

「えっと……お前、授業は？　言っとくけど、生徒指導室に忍び込んで『アリステ』やるんだったら、俺は間違いなくチクるからな？」

「なんでチクるんだよ⁉　っていうか、そうじゃねぇから！　俺は郷崎先生に頼まれて、お前らを迎えに来たんだっつーの‼」

俺の軽口に、声を荒らげてから。

マサは俺の肩を、勢いよく叩いた。

「いってぇ⁉　お前、力の加減ってもんがあるだろ⁉」

「うるせぇ。『カマガミ』の件のあたりから、俺にも二原にも、なんにも相談しなかったろ？　ったく、二人とも――水くさいこと、すんなっつってんだろーが」

そう言ってマサは、バシバシと何度も、俺の肩を叩いてくる。

「つーか、動画観たときはマジでビビったんだからな？　綿苗さんが素顔晒されて、『和泉ゆうな』ってテロップ貼られてるしよ。お前はお前で、モザイク仕様で映ってるし。それに……らんむ様が……」

突然、マサが言葉に詰まった。

そして、俺の肩を摑むと。

ガクンガクンと、俺のことを思いっきり揺さぶりはじめやがった。

「あ、あれ、やっぱり来夢だよな⁉　野々花来夢が、らんむ様ってことなんだよな⁉　俺の昔馴染みの女子が、銀河系で最も美しいらんむ様なのかよぉぉぉぉぉ！　どういうことなんだよぉぉぉぉぉぉぉぉ‼」

「お……落ち着けって……脳が揺れ……」

――――閑話休題。

ひとしきり暴れまくった上で、正気を取り戻したマサは、俺の肩から手を離した。

「悪かったな。騒いじまって」

「本当にな……お前のせいで、シリアスな気持ちとか、全部吹っ飛んだぞ」

結構マジな恨み言だったんだけど、マサはこれを華麗にスルーして。

　くいっと親指で、廊下の方を差した。

「ほら、行くぞ。郷崎先生が、場を温めてくれてっから」

「場を温める？　どういうこと？」

「決まってんだろ。綿苗さんがクラスのみんなに話す舞台を、整えてくれてるってこった。話すつもりなんだろ？　――これまで隠してた、色んなことをよ」

「……………うんっ。もう秘密は、終わりにするからっ！」

　迷いなく、結花はそう言いきった。

　その姿は――宇宙最強のアイドル、ゆうなちゃんそのもので。

　そんな結花を見ていたら、俺もなんだか、力が湧いてくる。

「……なぁ、マサ。先に相談しなかったのは、マジでごめん。けど、お前のことを大事な友達って思ってんのは、本当だから。だから……見守っててくれ」

　俺が本音をぶつけると。

　マサは照れくさそうに笑って、言った。

「当たり前だろーが。親友の勇姿だぞ？　そんなの……見届けるに決まってんだろ」

第7話　桃色からはじまった世界はもう、虹色に輝いてる

生徒指導室を出ると。

俺と結花は、マサの後に続いて、２年Ａ組の教室へと向かう。

階段をのぼって、廊下を歩いて。

そして、俺たちは——教室の前に辿り着いた。

「……なんか、やたら静かじゃないか？」

そろそろ一時間目がはじまる時間だし、大騒ぎしててもおかしいんだけどさ。

かといって、廊下に声が一切聞こえてこないってのも、それはそれで変だ。

「言ったろ。郷崎先生が舞台を整えてるって。今日のうちのクラスの授業は、ホームルームから一時間目までぶっ続けで——『和泉ゆうなちゃん』なんだよ」

「ぶっ続けで？　授業は『和泉ゆうなちゃん』？　何それ怖い。どういうこと？」

「うっせぇな。そんなこと、俺が知るか」

当然の疑問を、マサは無下にあしらうと。

躊躇なくガラッと、教室のドアを開けた。

「それじゃあ、先に行って待ってるぜ。頑張れよ、綿苗さん。漢を見せろよ──遊一」

格好つけた感じでそう言い残すと、マサは一足先に、教室の中に入っていった。

廊下に残されたのは、俺と結花だけ。

ひんやりとした空気が、俺の膝をぶるっと震わせる。

覚悟は決めてきた……けど。

いざ教室に入るとなると、どうしても中学の頃のトラウマが、胸の奥から湧き上がってくる。

そして、それはきっと──結花も同じなんだと思う。

「結花……大丈夫か？」

「うんっ、大丈夫！　だってもう、私は独りじゃないから」

だけど結花は、きっぱりとそう言い切って。

太陽のように眩しく笑った。

「今の私には、遊くんがいて。家族がいて。友達がいて。仲間がいて。それから──ゆうながずっと、そばにいてくれるんだもの。そんなの、もう……最強じゃんよ？」

──そして結花は。

教室のドアを、ゆっくりと開けた。

「おはよう。佐方、綿苗」

教壇から声を掛けてくれる郷崎先生。

クラスメートたちは各々の席についたまま、無言でこちらを見守っている。

そんな言い知れぬ空気の中――俺と結花は、郷崎先生の隣に立った。

「――『カマガミ』とかいう輩が流布したくだらない噂話と、その他諸々について、二人から話があると。みんなにはそう説明したんだが……それで大丈夫か、綿苗？」

「……はいっ！　ありがとうございます、郷崎先生‼」

元気よくそう応えると、結花はぺこりとおじぎをした。

そして結花は――ゆっくりと顔を上げると。

教室を見渡しながら、言った。

「えっと……本日はお日柄もよく……じゃなくって！　えっと……貴重なお時間をいただき、あでぃがっ！　痛ぃぃぃ……舌噛んじゃったぁぁ……」

訂正。何も言えてなかった。

色んな決意を固めて、ここに立ってはいるものの。

結花はもともと、学校とかだと意図せずお堅い態度になってしまうくらい、コミュニケーションが苦手な子だからな。こんな大人数を前にして、緊張しないわけがない。

そして……そんな結花の様子を見ても、クラスのみんなは、くすりとも笑わない。

笑っていい場面なのか、駄目な場面なのか、きっと戸惑ってるんだろうけど。

教室の空気は――なんとも表現しがたい緊張感を孕んでいる。

「あははははっ！　さっすが結ちゃん‼　こんなときでも、可愛すぎだっての！」

だけど。

そんな空気をぶち破るように、笑い声を上げた女子がいた。

ロングヘアは、綺麗な茶色に染められていて。

メイクをしているおかげで、目元は驚くほどぱっちりしている。

見た目は、陽キャなギャル。

自称は、陰キャな町娘。

そしてその正体は、特撮ガチ勢のヒーローガール。

そう、それは――俺と結花の、頼れる友達。

二原桃乃だった。

「……ってかさぁ。ギャラリーがこーんな押し黙ってたら、結ちゃんたちが喋りにくいっしょ。みんな、もーちょいリアクションしなってぇ」

二原さんがそんな軽口を叩いた途端。

教室のあちこちから、少しずつ声が漏れはじめる。

すげぇ、さすがは二原さん……教室の空気を、一瞬で変えちゃったよ。

「……えへへっ。桃ちゃん、ありがとう」

助け船を出してくれた二原さんに対して、結花は嬉しそうに笑い掛ける。

そして、深く息を吸い込むと。

結花は、心の中でギアを入れたみたいに――はつらつとした声で話しはじめた。

「こんなお時間をもらっちゃって、皆さんごめんなさい。えっと、何をお伝えしたいかっていうと……観た人も多いのかな、って思うんですけど。『カマガミ』さんの動画のことについて、です」

「うち、その動画観た！」「ってことは、やっぱ映ってたの、綿苗さんなの？」

「マジで声優ってこと？　すごっ！」「でも、見た目が違うから分かんないなぁ」

教室の中を飛び交う、不確実な情報をもとにした噂。

室内がざわざわと、一気に騒がしさを増していく。

だけど結花は、そんな光景にも怯むことなく。

シュシュを外して、ポニーテールに結った髪をほどくと。

おもむろに——眼鏡を外した。

「え⁉　嘘だろ⁉」

「わっ！　やっぱりだよ‼　綿苗さんが、あの声優の——」

眼鏡を外し、髪をほどいた結花を見て、クラス全体が一斉に沸き立つ。

「えへへっ……びっくりさせて、ごめんなさい。でも、これが私の——本当なんだ」

学校での結花ではなく。

家での結花の格好で。

結花は——笑顔のまま、言ったんだ。

「私、綿苗結花は。実は結構前から、和泉ゆうなとして――声優活動、やってます！」

◆

それから結花は――クラスのみんなに、話しはじめたんだ。

地元から上京してきて、声優・和泉ゆうなとしての活動をはじめたこと。

だけど、素の結花は人と喋るのが苦手だから、学校では「お堅い綿苗さん」みたいになってしまってたこと。

それから……『カマガミ』の動画にアップされていたように。

交際相手である俺が、実は古参のファン『恋する死神』だってことも。


「え、声優さんでも、喋るのが苦手とかあるの？」

発言すると同時に、その女子は慌てて自分の口を塞ぐ。

心の声を、つい言葉にしちゃった感じなんだろうな。

そんな彼女の発言に対して、結花は――。

「はいっ！　ありますよー？　声優だって、人間ですからっ」

何ひとつ気にした素振りもなく、笑って言った。

「私の場合、声優の仕事のときは、スイッチが入るんですけどね？　そうじゃないときは……みんなの知ってるとおりです。緊張して言葉足らずになっちゃったり、表情が硬くなっちゃったり。とにかく……コミュニケーションへたっぴなんです、はい」

「じゃあ、じゃあ！　声優さんのときは、めっちゃコミュ強になるってこと？」

やたらテンション高く手を挙げたのは、見知った女子。

確か、結花が俺にバレンタインチョコを渡すときも、一番盛り上がってたよな。

「えーっと……ちょっと違いますね。ラジオとかでトークするときも、めちゃくちゃ緊張してます。ただ、学校とは違って、喋りすぎちゃう系のコミュニケーション下手というか。めっちゃ喋って、話がまとまんなくって、なに言ってんだ？　……ってツッコまれちゃう。そんな感じが、和泉ゆうなです」

「え。じゃあ、佐方くんといるときは⁉」

……おいおい。なんだよ、その質問？

恋バナ感覚で聞いてないか、女子？

だけど、当の結花ときたら。

ふにゃあっと——横頬をゆるゆるにして、普通に答えはじめた。

「えー？　ゆ、遊くんにはぁ……緊張しないけど、好きすぎてドキドキしちゃうなぁ。かまってよー、甘えさせてよーって、なっちゃうことが多いです……ふへへっ。遊くん、好きー。あ！　も、もちろん、あげませんからね遊くんは!?」

「結花、結花。お願いやめて。本当に、お願いだから」

なるほど。これが公開処刑ってやつか。

『カマガミ』の動画とはまた違うベクトルで、攻撃力が高すぎる。

「なぁ、佐方。俺も聞いていい？」

公開のろけトーク——クで死にかけてる俺に対して。

今度は、クラスの男子が尋ねてきた。

「綿苗さんが、ソシャゲのキャラを演じてる声優で。佐方はキャラ？　声優？　の昔からのファンなんだよな？　で、二人が付き合いだしたのが……先月から。佐方っていつから、綿苗さんが推しの声優だって知ってたんだ？」

……ごもっともで、核心を突いた質問だった。

『カマガミ』がスキャンダルとして暴いたのは、俺と結花の関係の、ごく一部にしかすぎないからな。

そんな疑問が出てくるのは、当然だと思うし……それに答えるためには、もうひとつの大きな真実を明かすしかない。

そう。

綿苗結花が、ずっと前から——佐方遊一の許嫁だったんだってことを。

そんな重大な局面に立たされた俺たちを前に。

二原さんが、少し声を張って言った。

「……あんたさぁ。それ聞いて、どーする気よ？　あれっしょ。自分も有名人と付き合いたいから、佐方からテクを奪おう的な」

「ば……っ！　ちげーよ‼　俺にはもう、ユリ子がいるんだから！」

「ぎゃあああ⁉　茂、あんた馬鹿なの⁉　なに口走ってんのよ、ぶん投げるわよ⁉」

——ドッと。

教室中から笑いが巻き起こった。

女子たちなんか、「おめでとー！」とか言いながら、楽しげに拍手なんかしてるし。

まさか、ここまで計画どおり……ってことはないよな？　さすがの二原さんでも。

もしも、この流れはすべて予測済みだったとか言われたら、俺は今度から二原さんを『全知全能のギャル』って呼ぶよ。

……だけど。

この流れが、偶然だったとしても、計画どおりだったとしても。

今の一連のやり取りを見て、心から安心できたんだ。

——この2年A組は、きっと俺たちを受け入れてくれるって。

「結花が、推しの声優——和泉ゆうなちゃんだって知ったのは、始業式の日で。今まで隠してたけど……俺たちが付き合いだしたのは、その日からだったんだ」

「えええええええええええええ⁉」

とんでもない音量で声を上げる、クラスメートたち。

ちらっと横を見ると、結花は気恥ずかしそうに笑ってる。

そして結花は——俺に負けじといった感じで、言った。

「それからね？　今まで隠してたけど……私は遊くんの、彼女ってレベルじゃなくって。

実は——遊くんの許嫁なの‼」

「えええええええええええ⁉」

「これも今まで隠してたけど、婚約した日から同棲もしてたんだ」

「えええええええええええ⁉」

「それからそれから！　遊くんはもう、うちのお父さんに挨拶も済ませてるんだよっ‼」

「情報量が多すぎるって‼」

二人揃って洗いざらいぶちまけてたら、最後には情報過多のクレームが入った。

まぁ、気持ちは分かるよ。

俺も逆の立場だったら、「何がなんだか分からない」ってなる程度には、意味不明な話だからな。主にうちの親父のせいで。

「でもさぁ……もっと早く知りたかったなぁ。もうすぐ二年生、終わっちゃうし」

後ろの方の席から、ぽつりとそんな声が聞こえた。

それに呼応するように、他のみんなも思い思いの言葉を口にしはじめる。

「分かるー。早く知ってたら、二人のことめっちゃ応援したのにぃ」

「そうそう。最初の頃の綿苗さんって、あんまり話し掛けられたくないのかなーって感じだったから……もっと早く仲良くなりたかったよー」

「ってかさ。『カマガミ』って奴、マジでありえなくない？　許せないんだけど」

「所詮ただのストーカー野郎だろ。綿苗さん、マジで気にすんなよ。変な奴に絡まれたら、俺ら空手部がぶっ飛ばすから！」

「ってかさ、ぶっちゃけるけど……俺も『アリステ』ユーザーなんだぜ！　佐方と倉井でつるんで、よく『アリステ』の話してただろ？　あれ混ざりたかったんだよ、ずっと」

「は!?　マジかよ、混ざればよかったのに！　俺はらんむ様推しだけど、お前は？」

「でるちゃん」


――中学生の頃の、黒い記憶に取り憑かれて。

俺も結花も、他人と親しくなることを怖がって、随分と遠回りしてしまったけど。

俺には変わらず、マサがいた。

結花には、二原さんという親友ができた。

そんな灯りがともっていくうちに――黒い霧は、とっくの昔に晴れて。

俺たちの世界には、笑顔の虹が架かっていたんだって。

ようやく分かった。

だから、俺と結花は――心からの思いを、みんなに伝えたんだ。

「みんな、ありがとう。隠し事ばっかで、ちゃんと心を開けてなくって……ごめん。だけど、今話したことは全部、本当だから。どうかこれからも──よろしくお願いします」

「本当のこと話したら、嫌われるんじゃないかって、勝手に思い込んでた。ばかだったなぁ。みんな、こんなに優しいのにね？　ありがとう。これからも仲良くしてくれたら……嬉しいですっ」

◆

──俺と結花の婚約や、結花の声優活動のことを、すべてカミングアウトした結果。

俺は休憩時間のたびに、男子たちに取り囲まれて、「どこまで進んでんだ⁉」なんてキラキラした目で聞かれまくった。

そして結花はというと……「声優のときの綿苗さん、可愛すぎない⁉」とか、「どんなキャラ演じてるの？」とか、女子たちから矢継ぎ早に話し掛けられていた。

すべてを打ち明けたことで、クラスメートとの距離感は変わったけれど。

中学のときと違って、その関係は——決して悪いものじゃなかった。

そして、長い一日が終わって——放課後。

俺と結花は、やたら早く教室を後にした二原さんを追い掛けて、下駄箱のところまでやってきた。

「おーい、二原さん！」

俺がそう声を掛けると、二原さんはピタッと足を止めた。

「今日はありがとな、二原さん。話しやすい空気を作ってくれて、助かったよ」

こちらに背を向けたまま、二原さんはそう言うと。

「……あははっ。そんなたいそうなこと、してないって。うちはただ、軽口叩いただけ」

顔だけ振り返って、少し寂しそうに笑った。

「結ちゃん、めっちゃ強くなったねぇ。もう、うちが手助けしなくっても、大丈夫そうじゃん？　ま、世界を救ったヒーローは、最後に必要なくなるくらいが——物語的には、ちょうどいいんだけどね？」

「――そんなわけ、ないじゃんよ！」

言うが早いか。

結花は俺のそばから駆け出すと――後ろから二原さんを、ギュッと抱き締めた。

ポニーテールに結った髪が、ふわっと揺れる。

「辛いときも、悲しいときも。桃ちゃんが絶対そばにいてくれるって、信じてるから。だから私は、折れずに頑張れるんだよ？　今日だってそうだよ。桃ちゃんが見守ってくれてたから……怖がらずに、みんなと向きあえたんだ」

「……結ちゃん」

二原さんが、結花の方を振り返る。

そんな二原さんに、にっこりと笑い掛けてから。

結花は――そのほっぺたを、むにーっと引っ張った。

「ひゃ⁉　ひゃにしゅんにょ、ゆーしゃん⁉」

「うっさい、ばぁか。私の大好きな桃ちゃんを、要らないとか言った悪い桃ちゃんは……こうだもんねっ！　うにょーん‼」

そうやって、ひとしきり二原さんにお仕置きをしてから。

　結花はパッと手を離して、言ったんだ。

「……必要なくなることなんか、一生ないよ。大好きな桃ちゃんと、ずっと仲良しじゃなきゃ、絶対やだ。ごめんね、欲張りで？　だけど、それくらい桃ちゃんは大切な——私の、一番の親友なんだもん」

「………あはは っ。そーだね。うちってば、闇落ちキャラみたいになってたね？」

　結花のまっすぐな愛を受けて、二原さんは照れくさそうに頬を掻いた。

「さーてっと。うちもそろそろ、特撮ガチ勢だって打ち明けよっかねぇ。だって結ちゃんが、うちのことを見守ってくれてるわけっしょ？　じゃあ、うちも勇気を出して……みんなと向き合わないと、じゃんね？」

　そして二原さんは、潤んだ瞳のまま。

　ぐっと親指を立てて、花が咲くように笑ったんだ。

「ありがとね、結ちゃん。ずっとずっと、大好きだかんね？　うちの——一番の親友」

第8話　一番星に、那由他の愛を届けよう

「……はい。分かりました、久留実さん。ありがとうございます……はい。六条社長と真伽さんにも、よろしく伝えてください」

土曜日の朝。

結花は鉢川さんからの着信に、折り返していた。

昨日は二人とも、やたら早めに寝ちゃったからな。夜中に着信があったなんて、全然気付かなかった。

そして結花は――ピッと通話を切る。

「鉢川さん、なんだって？」

「うん……切り抜き動画もほとんど削除されたよ、っていうのと。騒ぎへの対応として、事務所が――明日の午後、生配信をするんだってお話だった」

事務所の生配信、か。

ここまで騒ぎが大きくなった以上、事務所が何かコメントしないと、沈静化は難しいのかもしれないけど。

その配信が火に油を注ぐ可能性だって、十分に考えられる。

「まぁ……六条社長なら、きちんと説明してくれそうだけど。なんか落ち着かないな」

「あ。配信に出演するのは、六条社長じゃなくって――真伽さんなんだって」

「え？　真伽ケイが？」

「うん。アクター養成部長として、今回の件の全責任は自分が負うって、六条社長に直談判したんだって……久留実さんが言ってた」

真伽ケイは、専務取締役兼アクター養成部長。六条社長に次ぐ立場だと聞いてる。

その上、真伽ケイは元・トップモデルとして、世間にも知られた存在だ。それを考えると……生配信に出演する人物としては、確かに適任なのかもしれないけど。

「……って、結花？　なんでそんな、浮かない顔してるの？」

見るからにしょんぼりした顔をしてる結花。

そんな顔のまま、ふぅっとため息を吐くと――結花は俯きがちに言った。

「だって。私の騒動なのに、真伽さんが矢面に立つことになるなんて……申し訳ないしかないじゃんよ」

「……まぁ気持ちは分かるけど。会社の重役って、そういうもんじゃない？　それに、真伽ケイじゃなかったとしても、誰かが責任取らないといけないのは変わんないし」

そうやってフォローを入れたんだけど、結花はいまいち納得してない顔のまま。

「……むぅ。誰にも迷惑を掛けず、うまくいく方法ってないのかなぁ……」

なんかぶつぶつと、独り言を口にし続けていたのだった。

◆

「よ。兄さん」

結花より先に一階へ下りたら、うちの妹が不法侵入してました。

何を言ってるか分かんないと思うけど、俺の方こそ「なんだこれ」って言いたいわ。

なんで昨日までいなかったはずの妹が、いきなりリビングでくつろいでんだよ。

勇海(いさみ)も数日前に、同じく不法侵入してきたけど……妹界隈(かいわい)ではよくあることなの？　治安悪すぎない、妹界隈？

「……で？　那由(なゆ)、いつの間に入ってきたんだよ？」

「は？　昨日の夜だし。最終の飛行機で日本に戻って、タクシー拾ってまで帰ってきたのに、みんな寝ててさ。つまんなかったから、寝てる勇海の耳元で、ネットで見つけたホラー映画の予告動画を流してみた」

「何そのテロ行為……それで勇海の奴、どうなったの？」

「飛び起きて、涙目になって、めっちゃ可愛い悲鳴上げてた。ウケる」

悪魔の申し子かな？

だけど、ごめん勇海。可愛い悲鳴上げてる勇海は、ちょっと見てみたいかも。普段とのギャップが凄そうだし。

「お待たせー遊く……わっ⁉　那由ちゃんがいる！　びっくりしたぁ」

「……や、やぁ那由ちゃん？　おはよう。今日も朝日に負けないくらい、綺麗な顔をしているね？」

俺と那由で話していると、結花と勇海も順々に、リビングにやってきた。

勇海がいつもどおり格好つけようとしてるのが、なんかちょっと面白い。

「それじゃあ、朝ご飯準備するねー。ふふーん♪　今日は、何にしよっかなー♪」

鼻歌交じりに、キッチンへと向かう結花。

まぁ、腹が減っては戦はできぬ、って言うし。

那由と話を詰めるのは――朝ご飯を食べてからにしよう。

食事を済ませて、それぞれ着替えを終えてから。

俺たち四人は、再びリビングに集まった。

俺と結花で並んで、ダイニングテーブルについて、その対面に那由と勇海が腰掛けた。

そして、大きなため息を吐いて——頬杖をつく那由。

「出たよ……相変わらず態度がでかいな、お前は」

「はぁ？　誰が言ってんの？　ここは兄さんの持ち家じゃねーし、家主はロクでなし狸親父だし。なのに、あたしが実家でくつろいでたら文句言ってくるとか、なんなの？　勘違い束縛彼氏もどきなの？」

こっちが一言投げたら、数十倍にして返してくる。

相変わらず元気そうで何よりだよ、我が愚妹。

まぁ、このままいつもの小競り合いに発展してもアレなので……俺はこほんと咳払いをして、本題に戻す。

「そういうのは置いといて……那由。わざわざ来てくれて、ありがとな。勇海と同じで、『カマガミ』の騒動を心配して来てくれたんだろ？　まだ解決はしてないけど、取りあえず俺も結花も、気持ちは持ち直し——」

「……あん？　ちげーし。勝手に決めんなし」

俺の言葉を、無慈悲に切り捨てて。

那由は仏頂面のまま——小声で語りはじめた。

「そりゃ、結花ちゃんのことも心配してたけどさ。結花ちゃんには、兄さんがいるし、二原ちゃんとかもいるから……大丈夫っしょって、信頼してる。だから、あたしの用事は違くって——母さんのこと、だし」


——母さん。

俺が中一の頃に家を出た、実の母親……佐方京子。

もうひとつの名前は、元・トップモデル——真伽ケイ。

那由がその話題を振ってきたのが予想外すぎて、俺は思わず止まってしまう。

そんな俺を、那由はギロッと睨んで。

「兄さん。この間のZUUMで、なんて言ったか覚えてる？　『どうでもいいけどな。母さんのことなんて』——そう言ったよね？」

「……ああ。言ったと思う。思うけど、それがどうし——」

「ふざけんじゃねーし！　この馬鹿兄さん‼」

瞬間。

那由がガタッと椅子から立ち上がって、叫んだ。

「どうでもよくないし‼　確かに母さんは、あたしらを置いていなくなったけど！　まったく怒ってないって言ったら、嘘になるけど！　それでも、あたしは……ずっと母さんに、会いたかった」

那由の瞳がゆらゆらと、水面のように揺れる。

「……びっくりした？　あたしがこんなこと言うとか」

「まぁ……そうだな。那由は大体いつも、素直じゃないから」

「クリスマスのときにさ。那由は大体いつも、マジでたくさん迷惑掛けちゃったでしょ？　でもそのとき、結花ちゃんが優しく怒ってくれて、本当に嬉しかった。だから、あたし……決めたわけ。少しずつでも、自分の気持ちに素直になろうって」

言いながら那由は、照れくさそうに笑った。

まるで小さい頃みたいに、無邪気な顔で。

「あたしは――母さんがいなくなって、ずっと寂しかった。ずっと会いたかった。だから……兄さんたちが、また『60Ｐプロダクション』に行くんなら。あたしも連れてってほしい。母さんに、会わせてほしい。それがあたしの……素直な気持ち」

那由のその言葉が――ズキッと胸に突き刺さる。

「ってかさ。人に素直じゃないとか、言える義理じゃないっしょ？　兄さんの方こそ、素直になれし」

「……何がだよ？　俺は別に、思ったとおりのことしか言ってないって」

何をこいつは、勝手な邪推してんだよ。

俺はいつだって、本音しか言ってない。

母さんはずっと前に、俺たちのそばからいなくなった。

そんな母さんのことなんて……これっぽっちも、気にしてなんかいないんだよ。

「嘘つき。ぜってー兄さんだって、母さんをどうでもいいとか、思ってないくせに。なんなの？　父親の嘘つきが遺伝したの？」

「だから、勝手に決めんなって。俺には結花がいて、みんながいて。十分幸せなんだから。だから、もう母さんのことなんか――」

「――自分だけ意地を張るのはやめましょうよ、遊にいさん」

俺と那由が言い争っているところに、勇海が割って入ってきた。

「意地……って。俺は、別に意地なんか……」

「そういうの、もういいんですって。遊にいさん」

そして勇海は――結花の方に視線を送りつつ。

微笑交じりに、言った。

「僕たちは、家族でしょう？　家族の前では――泣きたいときは、泣いていいし。甘えたいときは、甘えていいし。寂しいときは……言えばいいんですって。そうだったよね、結花？」

「うんっ！　遊くんも、勇海も、那由ちゃんも。それから私もね？　いっぱい素直になって、いいんだよ。だって、そっちの方が――楽しいに決まってるもんっ‼」

勇海の言葉を肯定して、結花はにっこりと笑った。

愛しい許嫁の、その太陽みたいな笑顔に。

厄介だけど、なんだかんだ可愛い妹たちの、屈託のない笑顔に。

俺はなぜだか――。

――母さんとの楽しかった日々を、思い出してしまう。

「――あ。そうだっ！　遊くんと那由ちゃんにね、伝えたいことがあったんだ。ふっふっふ……私の名探偵っぷりに、驚くがよいー」

「………はい？　名探偵？」

なんの話か分かんないけど、もう切り出し方からして、迷探偵っぽさがやばい。

だけど結花は、めちゃくちゃドヤ顔で。

俺と那由の顔を交互に見ながら、尋ねてきた。

「私の誕生日のときにさ、遊くんと那由ちゃんで口喧嘩してたじゃん？　あれって、小さい頃からのお約束だったんだよね？」

「ん？　『名前バトル』のこと？」

「そうそう。遊一が『一』で、那由が『那由他』で。それを比較したら、那由ちゃんの方が、十の六十乗倍大きいから勝ち！　……みたいに言い合うやつ！」

改めて聞いても、マジで意味が分かんねぇな『名前バトル』。
一、十、百、千、万、億、兆、京………那由他、不可思議、無量大数。
数の単位を並べていくと、『一』よりも『那由他』の方が、十の六十乗倍大きい。

俺に口喧嘩で負けそうになるたびに、そんなよく分かんない屁理屈をこねては、那由が自分の勝ちを主張するっていうね。

「確かまだ、お前がお兄ちゃん大好きっ子だった頃から、口喧嘩のたびに言ってたよな」

「だ、誰がお兄ちゃん大好きっ子だし！　うぬぼれんな‼　けっ！　けっ‼」

そこに突っ掛かんのかよ。

唐突にツンを全開にする那由に呆れつつ、俺は昔のことを思い返す。

そう。このくだらない言い争いは、小さい頃からの——俺と那由の、お約束なやり取りだった。

そして、そんな兄妹のやり取りを。

親父と母さんは、いつだって……微笑ましそうに見てたっけ。

「前に、久留実さんから聞いたことがあるんだけどね。『60Pプロダクション』の名前を決めたのは、真伽ケイさんなんだって」

結花がふいに、そんなことを口にした。

「……そうなんだ？　俺はてっきり、六条社長が付けたんだと思ってたけど」

「うん。元・トップモデルだった真伽さんの、芸能運にあやかりたいってことで、六条社長がお願いしたんだって。そして、真伽さんが付けた名前が——『60Pプロダクション』。

さてさて、問題ですっ！　この『60』って、どういう意味でしょう？」

どういう意味……って、言われてもなぁ。

真伽ケイと『60』って数字に、なんか関係があるとも思えな……。

――――え？

まさか………。

「那由他は、10の60乗――そっか。それじゃあ、『60Ｐプロダクション』の『60』って、那由ちゃんの名前から……？」

「ぴんぽーん。勇海、正解ー。ぱちぱちー」

ぱちぱちと、勇海に拍手を送る結花。満更でもなさそうな勇海。

だけど、俺と那由は……顔を見合わせたまま、言葉も出ない。

「そして次に――名探偵結花ちゃんは、推理したんだ」

結花はそう言って、ピンと立てた人差し指を、自分の頬に当てる。

「もしも真伽さんが、那由ちゃんの名前から『60』を付けたんなら、『Ｐ』はなんだろうって。それでね……こう思ったの」

それから結花は、声のトーンを落として。

穏やかな口調で、言ったんだ。

「『P』は――『Ｐｌａｙ』。遊くんの名前から、取ったんじゃないかって」

「…………俺の名前から？」


きっと今の俺、相当驚いた顔してるんだろうな。

そんな俺を見つめながら、結花は得意げな笑みを浮かべつつ、言葉を続ける。

「そう思いついた私は、『Ｐｌａｙ』の意味を、改めて調べてみましたっ！　そしたらね、『遊ぶ』以外に……『楽しむ』とか『演奏する』とか『演じる』とか、そんな意味も書いてあったの！　どう？　声優事務所にぴったりじゃない⁉」

「いや、言いたいことは分かったけど……それって結花の推測でしょ？　本気で母さ――真伽ケイが、そんなことを考えて名付けた証拠なんて、どこにもな――」

「どっちなのか分かんないんだったら。明るい可能性を信じた方が、いいに決まってるじゃんよ」

俺のネガティブな発言を遮って。

結花は、満開の花のような笑顔で告げた。

「私は信じてるよ。二人に寂しい思いをさせたのは事実だけど。それでも真伽さんは——二人のことを今でも、大切に想ってるって。だからこそ『60Ｐプロダクション』に、『那由他の楽しさを届ける』って、そんな想いを込めたんだって。そう……信じてるから」

「——あはははは！　マジ天才でしょ、結花ちゃん……ほんと、ウケる」

結花が言い終わるのと同時に、那由は目元をぐしぐしっと拭って。

それからバシンッと、俺の肩を強めに叩いてきた。

「……ねぇ、兄さん。やっぱさ、母さんに会おうよ。そりゃあ、会うのが怖いって気持ちもあるけど……それでも、会って話そうよ？」

泣きそうな声で、そんな風に言う妹を見て。

俺はゆっくり頷いてから——その頭を、ゆっくりと撫でた。

——これからまだ、『カマガミ』の件の対応だって控えてるのに。

——色んな不安を、抱えてるくせに。

それでも、人のことを先に心配しちゃう……そんな優しい許嫁が、後押ししてくれたんだもんな。

俺も腹を括ったよ。母さんと会って、ちゃんと話してみるって。

だから……さ。

もう泣くなよ、那由。


「ってかさ。結花ちゃんって、兄さんにはもったいないよね。相当マジで」

「えー？　そんなことないよー。それに……もったいないとか、どうでもよくって。私は遊くんじゃなきゃ、だめなの」

うちの妹の毒舌に、聞いてるこっちが恥ずかしくなる返しをする結花。

そんな結花を見ながら――ぷっと吹き出すと。

那由は子どもみたいに、無邪気に笑った。

「いつもありがとね……お義姉ちゃん。本当に、大好き」

◆

もうすぐ日が変わりそうな時刻になったところで。

那由と勇海は、それぞれの部屋に戻っていった。

続いて、俺と結花も寝室に戻ると、布団を敷いて寝る準備を整えた。

「ねぇ、遊くん」

そして、二人で並んで、布団の上に座ったまま。

寝間着用のワンピースを着た結花は、静かに囁いた。

「なんかね。こんな大ごとになってるのに、変かもだけど……私、自分が幸せ者なんだなあって、そんな風に思ったんだ」

「別に変ではないけど。なんで、そう思ったの？」

「んーとね。『カマガミ』さんの件で、いっぱい迷惑掛けちゃったのに……家族も、事務所の人たちも、学校のみんなも。責めるどころか、いっぱい応援してくれたり、支えてくれたりしたじゃんよ？　それがね、なんだか――涙が出ちゃうくらい温かくて。幸せだなあって……そう思ったの」

体育座りの姿勢のまま、俺の肩にこつんと、もたれ掛かってくる結花。

そんな結花の頭をぽんぽんと撫でながら――俺は静かに告げた。

「それはきっと、結花が結んできたものだよ」

「……結んできたもの？」

結花は小首を傾げてるけど。

俺は迷うことなく、言葉を続ける。

だって、誰よりも愛しい許嫁に——この想いを伝えたいから。

「辛いことも悲しいことも、たくさんあったはずなのに。結花はいつだって、みんなの幸せを願ってきただろ？　そんな結花の想いが伝わって、みんなも結花と同じくらい、笑顔になれたんだ。結花はそうやって、人と人を、笑顔と笑顔を——結んできた。だからだよ、みんなが温かいのは」

「…………笑顔と笑顔を、結んできた、って」

結花はちょっとだけ、頰を赤く染めると。

もじもじしながら、上目遣いにこちらを見てきた。

「私、そんなにすごい人間じゃないよ？」

「結花は十分、すごい子だって」

「私よりもっと可愛い子、いっぱいいるし」

「見たことないけど？　結花より可愛い子なんて」

「……ぐぬぬ。で、でも！　私より明るい子だったら、山ほどいるでしょっ⁉」

「明るいとか暗いとか、どっちでもいいよ。そんなことより、結花が好きだもの」

「……うにゅうう。じゃ、じゃあ！　私よりおっぱい大きい子がいたら、どーする⁉」

「結花を抱き締める。抱き締めて、キスする」

「ひぃぃぃぃ……甘い言葉責めで、殺されちゃうよぉぉぉ……!!」

頭を抱えて、なんか悶絶しはじめた結花。

小動物みたいで、やたらと可愛い。

そうやって、じたばたしてる結花を見ていたら……ピコンッ♪　って。

結花のスマホから、ＲＩＮＥの通知音が鳴り響いた。

「わっ⁉　誰だろう……久留実さんかな？」

呟きながら、結花は布団の上を這って、枕元に置いたスマホを手に取る。

そして、じっと画面を見てから──「えへへっ」と、はにかむような笑いを浮かべた。

「さすが遊くんだなぁ……さっき言ってくれたこと、なんだか分かった気がする。私、少しずつでも──みんなに笑顔を届けることが、できてたんだね？」

そう言いながら結花は、ＲＩＮＥのトーク画面を見せてくれた。

相手の名前は──『咲良』。

咲良さんとは、直接の面識こそないけど、結花から話に聞いたことがある。

中学時代、結花への嫌がらせがはじまった時期から疎遠になり……それっきりになってしまっていた、結花の友達。

だけど少し前に——結花が勇気を出して、電話をかけて。

過去のわだかまりを解消したんだよな。

そんな咲良さんから、送られてきたＲＩＮＥは————。


『結花ちゃん。動画を観て、びっくりしちゃった！　声優やってたんだね。昔から声、可愛かったもんね。すっごく応援してるよ‼　だから……一人で悩まないでね？　今度は絶対に、逃げないから。いつまでも、結花ちゃんの味方だから』


結花は過去を乗り越えて、自分と咲良さんの心を、再び結びつけた。

そして今度は——その咲良さんが、結花のことを応援してくれている。

咲良さんに、笑顔の花を咲かせた。

これこそが、綿苗結花と和泉ゆうなの力なんだって……心の底から、そう思う。


「よしっ！　いいこと考えたっ‼」

ＲＩＮＥの文面を見ながら、物思いに耽っていたら。

結花が何かを決心したように、声を上げた。

その瞳は、なんだか大きな星みたいな――キラキラした光を孕んでいる。

「えっと……考えたって、何を？　なんか、そういうテンションのときの結花って、良い考えより、とんでもアイディアを思いついてるときの方が多い気がするんだけど？」

「そんなことないでーす。できるだけ、みんなに迷惑を掛けずに。遊くんのことも、家族のことも、学校のことも、声優のお仕事のことも、ぜーんぶ大事にできる――そんな方法を、思いついただけだもんねーだっ！」

何その、欲張りハッピーセット。

余計に嫌な予感しかしなくなったんだけど。

けれど結花は、そんな俺の心配をよそに……鉢川さんに電話をかけはじめた。

「あ。もしもし、ゆうなです！　久留実さん、お願いしたいことがありますっ‼」

開口一番、そんな風にテンション高く言うと。

結花は――やっぱりとんでもないことを、口にした。

「久留実さん。明日の生配信――私に出演させてください‼」

★私と同じ月を見上げて★

「失礼します」

深々と頭を下げてから、私は『60Pプロダクション』の社長室に足を踏み入れた。

私の視界の隅を、紫色の髪が舞う。

そう。らんむを模したウィッグをかぶり、らんむと同じゴシック調の服に身を包んで。

野々花来夢は、紫ノ宮らんむは、私は。

今――この場に立っている。

「申し訳ありません。無理を言って、時間を作っていただいて」

「大丈夫よ。紫ノ宮さんにとっても、『カマガミ』の件は無関係ではないものね」

社長室のデスクに坐しているのは、六条社長ではなく――真伽ケイさんだ。

「真伽さんと二人で話したい」……鉢川さんから、そう六条社長に伝えてもらったけれど、まさか社長室を貸してくださるとは思いもしなかった。

「それで、用事って何かしら？」

真伽さんが着席したまま、穏やかな声色で尋ねてくる。

「――鉢川さんから聞きました。真伽さんが明日、生配信の場に立ち、今回の件の説明を行うと」

「ええ。第二回『八人のアリス』お披露目イベントを間近に控えた現状、早急な対応が必要だもの」

「対応が必要なことは理解しています。しかし、どうして真伽さんが？」

「……変なことを聞くのね。紫ノ宮さん」

私の言葉を受けて、真伽さんが苦笑する。

「わたしの役職は、専務取締役兼アクター養成部長。演者の進退に関わることは、わたしに責任があるのよ。だからこの場は、代表取締役の麗香じゃなく、わたしが――」

「母親としての責任ではなく、ですか？」

真伽さんの話を遮って。

私は――少し強い語調で、そう告げた。

真伽さんは目を大きく見開いて、言葉を呑み込む。

「自分のすべてを捨てる覚悟を持ち、人生すべてを懸けて『純白のアリス』として輝き、そして――後進を育てるため、『60Pプロダクション』の経営陣に参加した。そんな真伽ケイさんの姿に……私はずっと、憧れていました」

「……何が言いたいの？　紫ノ宮さんは」

真伽さんが、少し強い語調でそう返してきた。

憧れの人のそんな様子に、少しだけ胸が痛む。

だけど、この程度では――野々花来夢は、揺るがない。

そして私は、どうしても真伽さんに投げかけたかった言葉を、口にした。

「その強い情熱を。熱い想いを。遊一に向けてあげられなかったことを……後悔しては、いないんですか？」

――特大級のブーメランだなと、自嘲したくなる。

『芝居』に全力で向き合うために、私はかつて、遊一のことを傷つけた。

そしてそれは、遊一を置き去りにして『真伽ケイ』としての道を選んでしまった……真伽さんも同じだ。

『夢』のために私たちは、大切な人を傷つけた。

その罪は決して消えない。傷つけた事実は、なかったことにはできない。

けれど――贖罪は、できるはずだから。

「私はこれからも、『夢』のために全力を注ぎます。けれど、大切なものだけは……もう手放さない。遊一がこれ以上、悲しい思いをしないで済むように。ゆうなの輝きが、決して曇ることのないように。私にできることは、すべてやり通してみせる。もう二度と――後悔しないために」

黙って私の言葉を聞いていた真伽さんが、俯いたまま笑った。

「……………ひょっとして、わざわざそれを言うために、ここに来たの？」

「ええ。私の新しい信念を、敬愛する真伽さんにお伝えしたかった。そして、貴方の考えをお聞きしたかったんです――遊一の、たった一人の母親である、貴方に」

私は真伽さんを見据えたまま、はっきりとそう告げる。

それに対して、真伽さんは……天を仰いで、呟くように言った。

「――今回の件を受けて、色々と情報は共有しているわ。和泉さん――綿苗結花さんは、遊一の婚約者で。来夢さん、あなたは……遊一の昔の友達なんですってね？」

「……ええ。そんなところです」

「ありがとうね。こんなに遊一のことを、大事に想ってくれて」

さらりと、そう言葉にすると。

真伽さんは、まるで妖精のように、可憐に微笑んだ。

「──あの頃のわたしは。笑顔を届ける力を後進に伝えたいなんて、遠い『夢』を追い掛けていた。『夢』を叶えるために、がむしゃらだった。そして、いつの間にか……近くにある一番大切なものが、見えなくなっていたの」

自嘲するように。

あるいは、懺悔のように。

真伽さんは言葉を紡ぎながら──ゆっくりと、社長席から立ち上がった。

「あなたの言葉を借りるのなら……後悔、しているのでしょうね。笑顔を届ける夢を見て、大切な人たちを泣かせてしまった、愚かな生き方を」

だからこそ、と。

真伽さんは力強く、言葉を句切ってから。

私に背を向けて言った。

「わたしは明日の配信に、すべてを賭すつもりよ。もう二度と──大切な誰かに、傷ついてほしくないから」

——誰かを笑顔にするためには。みんなに『夢』を与えるためには。
自分のすべてを捨ててでも、努力を続けるしかない。
そう言い聞かせて、紫ノ宮らんむは——野々花来夢は、月のように孤独に輝いてきた。

けれど、和泉ゆうなは——綿苗結花は。
誰かを笑顔にして。みんなに『夢』を与えて。それでも、何ひとつ捨てないで。
さながら、すべてを照らす輝きを持つ太陽のように……笑顔で前に進み続けてきた。

……真伽ケイもきっと、月の人だったんだと思う。
誰もいない場所まで飛翔して、誰よりも強い輝きを放っていたけれど。
ひとつの『夢』以外は、摑み損なってしまった——不器用な人。

真伽さんの生き方を否定するつもりはない。私も同じ、月の人なのだから。
だけど私は、知ってしまったから。太陽のような生き方も、あるってことを。
だから……。

第9話　灰色の空に、愛の矢を

陽の光の強い、日曜日。

『60Pプロダクション』の近くにある公園。

その入り口あたりで――俺は待ち合わせをしていた。

「はぁぁぁぁ…………」

そこにやって来たのは、スーツ姿の鉢川さん。

身だしなみは整ってるんだけど……なんていうか、目が死んでる。

「えっと……顔色悪いですけど。ひょっとして、二日酔いとか？」

「小粋なジョークをありがとう、遊一くん。ぶっ飛ばすわよ？」

なんか睨まれた。

空気を和らげようとしただけなのに。

と――そんなやり取りをしていたら。

「お、久留実さんだ。どーも、お久しぶりでーす！」

「久留実さん、ご無沙汰してます。相変わらず、誰もが見惚れるほどの美しさですね？」

「へぇ、この人が結花ちゃんのマネージャーなんだ……どうも。『恋する死神』の妹、佐方那由です」

「すっげぇ！　声優事務所のマネージャーとか、ガチの業界関係者じゃねーか!!　興奮してきた、興奮してきたぞぉ遊一!!」

二原さん、勇海、那由、マサが――公園の中からぞろぞろと、こちらへ向かって歩いてきた。

思い掛けない人数に驚いたのか、鉢川さんは目を丸くする。

「な……なんでみんな、ここにいるの!?」

「うちらが、結ちゃんにお願いしたんすよ。事務所に入れてもらうんは無理でも……せめて、ちゃんと送り出したげたかったから。とりま、事務所の近くまではお見送りに付き合わせてほしいってね！」

二原さんがニカッと笑って、そんな説明をする。

同意するみたいに、勇海もこくこくと頷いている。

「わあああ！　トイレに行ってたら、遅れちゃいました!!　久留実さん、おはようございますっ!!」

そこへ、一足遅れでやって来た――今日の主役こと、綿苗結花は。

鉢川さんにぺこりとお辞儀をして、言ったんだ。

「色々とご迷惑お掛けしますが……今日はどうぞ！　よろしくお願いしますっ‼」


——そう。

今日は他でもない、『60Ｐプロダクション』が生配信を行う日だ。

配信開始時刻は、十三時の予定。

配信の主な内容は、『カマガミ』の動画の件について。

配信に使うブースは、事務所ビル内にあるものを使うと聞いている。

そして、配信に出演するのは——。


「ゆうな、おは……はぁぁぁぁ。今日はよろしく……はぁぁぁぁぁ……」

「ため息すごっ⁉　大丈夫ですか久留実さん？」

「大丈夫なわけないでしょーが！　うぅ……お腹痛い……」

大きな声でツッコんだかと思うと、鉢川さんは背中を丸めて縮こまる。

「ファンへの説明を、真伽さんじゃなく、自分が出演してやりたいだなんて——正気の沙汰とは思えない提案を、担当声優からされたのよ？　そりゃあ胃も痛くなるわ……」

「すみませんね、うちの結花が……」

——生配信に自ら出演したい。

そんな素っ頓狂な提案を、結花は昨晩、電話で鉢川さんに告げた。

当たり前だけど、鉢川さんはめっちゃくちゃ反対した。

とはいえ、こういうときの結花が簡単に折れるわけもなく。

最終的には……ひとまず鉢川さんから、六条社長に伝えるだけ伝えてみるって形に落ち着いた。

それに対する六条社長の回答が——「直接、話をしようか」というものだったので。

俺たちはこうして、『60Pプロダクション』に赴くことになったわけだ。

「まーまー。久留実さん、逆に考えましょーよ？　この無茶苦茶さこそが、結ちゃんの可愛さじゃんよ♪　って！」

二原さんがけらけら笑いながら、言ってのけた。

そんな二原さんにつられたように……鉢川さんも、ふっと笑みを零す。

「……逆に考えなくっても、そんなの分かってるわよ。マネージャーとしては、死ぬほど胃が痛いけど。鉢川久留実としては、応援したいって思ってるもの。無理を通して、道理も不幸も吹っ飛ばしちゃいそうな——ゆうなの、笑顔の力を」

「なんだ。いい人じゃん、マネージャーさん。久留実ちゃんだったっけ、兄さん？」

「毎度毎度、年上をちゃん付けすんなよ、お前は……」

それから俺たちは。

公園から『60Pプロダクション』のビルの前まで、全員で移動した。

「……え、本当ですか⁉　はい……はい、分かりました」

ちょうどビルの前に到着するあたりで、鉢川さんが電話を終えた。

そして、ゆっくりと俺たちの方に顔を向けて、なんとも言えない表情で告げる。

「桃乃(ももの)ちゃんたち……どうやらまだ、帰らなくっても大丈夫みたいよ」

鉢川さんに案内されるがまま、やってきたのは——『60Pプロダクション』の会議室だった。

かなり大人数での会議を想定した部屋なんだろう。俺たち七人が入っても、まだまだ余裕がある。

「うぉぉぉ、すげぇぇぇ……俺は今、らんむ様の吸ってる空気と、同じ空気を吸ってるのか……‼」

開口一番、マサが極まったことを言い放った。

すげぇなこいつ。発想がやばすぎね？　クラマサはなんなの？　アイドルの霞を食って生きる化け仙人なの？」

「……発想がやばすぎね？　色んな意味で。

「ってか、倉井さぁ……うちら、らんむちゃんが実は来夢だったたって、知っちゃったわけじゃん？　なのに、よくそんなテンションで盛り上がれんね？」

「ああ。あのときは正直、メンタルがおかしくなりそうだったぜ。けどな……それはそれ、これはこれ！　らんむ様は――らんむ様なんだよ、いつまでもな‼」

……ごめん。どういう理屈か、まったく咀嚼できなかったけど。

推しの声優の正体がどうであろうと、らんむちゃんを愛し続けるんだって覚悟だけは伝わってきたぜ。

やっぱすげぇよ、マサは。

「――生配信が終わるまでは、この部屋を自由に使っていいそうよ。ここ以外は、他の声優がいる場合もあるから、くれぐれも立ち入らないようにね」

俺たちに釘を刺してくる鉢川さん。

そんな鉢川さんのそばには、綿苗姉妹が並んで座っていた。

「……結花。やけにニコニコしているね？」

「んー？　いつもどおりだと思うよー？」

「まぁ、いつもどおりではあるんだけど……不安はないの？　もうすぐ生配信がはじまるっていうのに」

言葉を選んではいるけど、いつもの心配性を滲ませてる勇海。

そんな妹の姿に、結花は「ふふっ」と笑いを零した。

そして、勇海の頬に――そっと手を当てる。

「心配してくれてありがとう、勇海。そりゃあ、不安がないって言ったら嘘になるよ？でもね。不安なんかより、もっとたくさんの勇気を――みんなが分けてくれたから。だから私は、だいじょーぶっ！」

「結花……」

「――おー、思った以上に賑やかだね。それじゃあ、わたしもちょっと、お邪魔させてもらうよ」

そのときだった。

会議室のドアを開けて――一人の小柄な女性が入ってきたのは。

三つ編みのおさげ、くりくりっとした大きな瞳。

一見すると中学生くらいかな？　と思っちゃうような風貌だけど……この人は確か、俺より年上だったはずだ。

オフショルダーのTシャツに、赤いレザースカート。首や手につけた、おしゃれなブレスレットやネックレス。

どちらかというとロックな、そのコーデは――確かに似合ってはいるんだけど。

童顔な見た目とのギャップのせいか、なんだかアンバランスな可愛さを漂わせている。

そんな彼女を見て……結花は驚きの声を上げた。

「ほ、掘田さん!?　なんでこんなところに!?」

「こんなところも何も、わたしの事務所でしょーが。ってゆーか……素の見た目のゆうなちゃんと話すのって、なんか変な感じだねぇ」

冗談めかしたように、そう言うと。

和泉ゆうなと紫ノ宮らんむの先輩声優――掘田でるは、いたずらな笑みを浮かべた。

「初めましての人ばっかだよね？　どーも、声優の掘田でるでーす」

◆

「で……でるちゃんだと……？　本物なのか、遊一……？」

「偽物(にせもの)だった方が怖いだろ……分かったから、口を閉じろってマサ。エサ待ちする鯉(こい)みたいな顔になってるから」

俺とマサが二人でひそひそ話していると、掘田でるは「よっこらせ」なんて言いながら、オフィスチェアに腰掛けた。

「くるみん、なんか死にそうな顔してんじゃん」

「ただでさえ胃が痛いところに、あんたまで乱入してきたからね……っ！　もぉぉ、次から次へと……頭が沸騰しちゃいそうよ本当に‼」

「まーまー。わたしのことは気にしないでって。ゆうなちゃんを心配して駆けつけた、優しい先輩ってだけだからさ」

おどけたようにそう言う掘田でるの表情は、番組に出演してるときと変わらない、からっとした笑顔だった。

そんな掘田でるとは対照的に――結花は泣きそうな顔のまま、俯いている。

「なんて顔してんのさ、ゆうなちゃん」

「……掘田さん、ごめんなさい。私のスキャンダルのせいで、いっぱい迷惑を掛けちゃって。『ゆらゆら★革命 with 油』だって、結成したばっかりなのに……」

「んー、そうねぇ……迷惑だったら、ラジオで何度も掛けられてきたんだけど？ 反省するんなら、そっちにしてくんないかなぁ？ もちろん、らんむと一緒に」

ごもっともだった。

なんたって掘田でるといえば、『和泉ゆうながご迷惑をお掛けした声優ランキング』があったとしたら、トップに躍り出るような声優だからな。

「おい、見たか遊一⁉ 『アリラジ』伝家の宝刀、掘田でるのツッコミだぞ⁉ 俺たちは今、偉大なる文化を目の当たりにしている！」

マサ、うるさい。

そんな騒々しさの塊みたいなマサの方を見ると、掘田さんはニコッと笑った。

「あ、ひょっとしてファンの人？ 喜んでもらえて嬉しいでーす。どーもー」

「あ……いや！ 申し訳ないっす、でるちゃん‼ けど、俺の推しは――らんむ様以外ありえないんです‼ 大変失礼だとは思いますけど、これだけは譲れないっす‼」

「マジで大変失礼だね、君⁉　たとえそうだとしても、せめてこの場は社交辞令とか、なかったかなぁ⁉　びっくりするほど傷ついたわ！」

「ごめんなさい掘田さん、私のお友達が‼　倉井くん、馬鹿なのかな⁉　私の立場も考えてよ⁉　掘田さんに見えざる圧力を掛けられて、私が声優活動できなくなっちゃうとか……そういうこともあるかもしれないじゃんよ‼」

「うん、ゆうなちゃんはもっと失礼だね？　誰が見えない圧力を掛けて後輩声優を潰す、闇の声優だってのよ‼」

えーっと……すみません、掘田さん。

うちの天然な許嫁と、頭のネジが抜けがちな悪友が、大変な無礼を働きまして。

なんて――いたたまれない気持ちになっていると。

掘田さんは俺の方に顔を向けて、微笑み掛けてくれた。ふわっとした優しい顔で。

「……ま、冗談はこれくらいにして。初めましてだね、『弟』くん？　お噂はかねがね、ゆうなちゃんから伺ってたけど。あ、それとも――『恋する死神』さんって呼んだ方が、いいのかな？」

きっと、気を遣ってくれてるんだろう。

掘田さんは冗談めかしつつ、『弟』で『恋する死神』な俺に話し掛けてくる。

そんな掘田さんのことを、まっすぐ見つめ返して。

俺は呼吸を整えつつ応えた。

「初めまして、掘田さん。佐方遊一です。和泉ゆうなが、よくラジオで話題にしてきた……『弟』で。昔からファンレターを送り続けてきた、ゆうなちゃんの一番のファン――『恋する死神』で。それから、和泉ゆうなの彼氏――いえ。婚約者、です」

最後の事実だけ、告げるべきなのか、少し悩んだけど。

包み隠さず伝えることに決めた。

だって彼女は、掘田でる――和泉ゆうなが所属するユニット『ゆらゆら★革命 with油』の一人で。和泉ゆうなにとって、大切な先輩の一人だ。

そんな相手に対して、結花だったら絶対……本当のことを伝えたいって。

そう思うに違いないから。


「ん。了解したよ、『弟』くん。これ以上の後出し情報はなさそうな感じってことで、おっけー？　あるんなら先に言っといてね？　心臓に悪いからさ」

ドキドキしながら、反応を窺っていた俺に対して。

掘田さんは信じられないくらい、あっけらかんと言ってのけた。

あまりにもあっさりとした掘田さんの態度に、俺と結花は思わず顔を見合わせる。

「え、えっと……驚かない、んですか？　私がラジオで喋（しゃべ）ってた『弟』って、実は弟じゃなかったんですよ？」

「いや、それは普通に最初から分かってたからね!?　まさかバレてないと思ってたの、ゆうなちゃん!?　すごいな、本物の天然ちゃんは……いやね？　さすがに婚約者だとまでは思ってなかったよ？　昨日、らんむから聞くまではさ」

思いがけず飛び出してきたその名前に、俺は驚かずにはいられなかった。

かつて俺の黒歴史の象徴だった、中学時代の同級生。

和泉ゆうなの先輩声優で。

紫ノ宮らんむ——野々花（ののはな）来夢。

「えっと、掘田さん。らんむ……ちゃんは、どんな話を？」

「『カマガミ』の動画の顚末（てんまつ）を教えてもらっただけだよ。『弟』くんが、ゆうなちゃんの婚約者で。らんむと『弟』くんは、昔の知り合いで。たまたま二人で話してたら『カマガミ』が盗撮した上に、歪（ゆが）んだ情報をネットに上げるって言い出したから——ゆうなちゃんが、全部ぶちまけたんだって。そんくらい」

そんくらい……っていうには、情報過多な気もするけど。まぁ事実でしかないから、仕方ない。

「……掘田さん。俺からも謝らせてください。掘田さんにも、他の声優さんにも、事務所の皆さんにも。迷惑を掛けてしまって、申し訳——」

「待て待て、『弟』くん！　さっきも、ゆうなちゃんに言ったでしょ？　謝ってもらうとしたら、ラジオでの暴走だって。今回の件は、あくまでも『カマガミ』って奴に迷惑を掛けられただけだもの。ゆうなちゃんや『弟』くんが謝るのは、意味が分かんない」

頭を下げようとした俺の肩をぐいっと押して、おじぎを強制キャンセルすると。

掘田さんはニカッと笑って、言ったんだ。

「いーい？　わたしたち声優はさ、みんなに幸せを届けるのが仕事だよ。そのために、キャラクターに命を吹き込むし、歌ったりラジオで喋ったり、イベントに出たりもするわけよ。それを見たファンの人たちが喜んでくれたら、そりゃあもう嬉しいさ。だけどね、どうしたって——わたしたち声優は、人間なんだよ」

掘田さんの言ってることは、至極当然のことのはずなんだけど。

なぜだか、ぐっと——胸に刺さるものがあった。

「そう、人間だから。当たり前に日常を生きて、当たり前に笑ったり泣いたりして、そして当たり前に――誰かを好きになるんだよ。二．五次元なんて言ってもらえるのも、ありがたいんだけどさ？　舞台を降りたら、どう頑張ったって……わたしたちは三次元を生きるしかない。だから――めっちゃ優しくして！　とまでは言わないけどさ。せめて、人間扱いくらいはしてほしいって、思うじゃん？　ねぇ、ゆうなちゃん？」

「……掘田、さん」

うまく言葉が出てこないのか、結花は口を開いたまま、その場に立ち尽くしている。

そんな結花の後ろから――。

「――当たり前のことを言いますね、でるちゃん。けど、そんな当たり前が分かんねぇ馬鹿が、こんな騒ぎ起こしてんだもんな。ったく……愚かすぎだぜ」

俺の悪友にして『アリステ』ユーザー――マサが、熱血キャラみたいな顔で言った。

それに続くように、二原さんや、那由や勇海も。

「倉井、いーこと言った！　そーだよ……結ちゃんだって、来夢だって、他の声優さんだって。ファンのために頑張る姿も、普通の日々を送ってる姿も、どっちもあって。それを、どっちが本当で、どっちが嘘とか……ガチでくだんないっての‼」

「つーか、そもそもスキャンダルって何？　オフの時間を勝手に暴いて、大騒ぎして……なんなの？　いつから日本は盗撮が合法になったの？　歩くストーカー、きも」

「ストーカーは大体、歩くでしょ……まぁ、那由ちゃんの言うとおりかな。アイドルとか声優とか——いわゆる芸能人だったら、隠し撮りしても悪口を言ってもＯＫなんて考えは……やっぱり違うよね」

『60Ｐプロダクション』の会議室の空気が、一気に熱を帯びていく。

そんな中、掘田さんは——柔和な笑みのまま、俺のことを見据えて。

でるちゃんのように柔らかな声色で、言ったんだ。

「……ま。わたしの本音としちゃあ、さっき言ったとおりなんだけどさ。そうは言っても、心ない言葉を吐く人だっている。残念ながらね。だからさ、『弟』くん——ゆうなちゃんのことを、ちゃんと護ってあげて？」

その言葉に、俺は迷うことなく——首を縦に振った。

それを見た掘田さんは、少し照れたように頰を掻くと、鉢川さんの方に顔を向けた。

「ほらね？　ただの優しい先輩だったでしょ、くるみん」

「……そうね。でるのおかげで、胃の痛みが治まってきた気がするわよ」

掘田さんと鉢川さんが、目を合わせて笑いあう。

「なんか考えてたら、余計『カマガミ』にムカついてきたなぁ‼　よぉし、こうなったら……徹底的に戦おうぜぇぇぇぇ‼」

「や。うちらはただの、ギャラリーだかんね？　ちょい落ち着きなっての、倉井」

なんか無駄に騒いでるマサと、それを遠巻きに見てる二原さんと、那由&勇海。

だけど四人の表情は、みんな穏やかに微笑んでいて。

これこそが、結花が結んできた笑顔なんだって——心の底からそう思ったんだ。

「随分と騒々しいものだな」

そんなときだった。

ガチャッと会議室のドアを開けて、二人の重役が入ってきたのは。

一人は六条麗香（れいか）。この事務所、『60Pプロダクション』の代表取締役（だいひょうとりしまりやく）だ。

そして、もう一人は。

専務取締役（せんむとりしまりやく）兼アクター養成部長を務める、この事務所の実質的なナンバー2。

そう——真伽ケイだった。

第10話　【緊急生配信】和泉ゆうなと『恋する死神』の、スキャンダル問題

「………母さんだ」

入室してきた真伽ケイを見て、那由がぽつりと呟いた。

那由のことを、ちらりと一瞥する真伽ケイ。

その表情には一瞬だけ――戸惑いが混じったような、そんな気がした。

「六条社長。真伽さん」

重く張り詰めた空気の中で。

六条社長と真伽ケイの方に向かって、一歩踏み出したのは――和泉ゆうなのマネージャー、鉢川久留実さんだった。

「お二人とも、このたびは無理なお願いを聞いていただき――ありがとうございます！」

額が膝に当たるんじゃないかってほどに、鉢川さんは深々と頭を下げる。

「顔を上げろ、鉢川。それじゃあまるで、君の無理な願い事を叶えると答えたみたいじゃないか」

「……叶えると言っていただくために、頭を下げています」

思わず怯んでしまいそうなくらい、六条社長の反応は冷然としていたけど。

鉢川さんは毅然とした態度で、言い放った。

「六条社長、お電話でもお伝えしたとおりです。『60Pプロダクション』の生配信で――ゆうなに直接話す機会を、与えてあげてください‼」

あんなにため息を吐いていたのに。

胃が痛いって、ずっと言っていたはずなのに。

鉢川さんは必死な様相で、無茶みたいな願いを口にし続ける。

そんな鉢川さんを見下ろしたまま……六条社長は「やれやれ」とばかりに、首を横に振った。

「電話でも伝えたが。それが本当に、和泉のためになると思うか？」

「……確かに、心ない声も届くと思います。出演することで、余計に傷つく可能性があるのも承知しています。だけど、それでも……ただ黙って、待っていることなんてできない！　そんなところまで含めて、この子は和泉ゆうななんですっ‼」

「六条社長！　鉢川さんを責めないでくださいっ‼　言い出しっぺは私なんだから！」

熱弁を振るう鉢川さんのそばに駆け寄ると。

綿苗結花の格好のまま――和泉ゆうなは、深く深くおじぎをした。

「六条社長たちが心配する気持ちも、よく分かります。でも、それでも私は――ちゃんとファンの人たちと向き合いたいんです。そうじゃないと、みんなのことを大切にしてるだなんて……胸を張って、言えないから‼」

「――和泉さんが、望むか望まないか。そんなことは関係ないの。和泉さんを矢面に立たせないことが……わたしたちの使命だから」

――まるで、氷河の中に叩き落とされたような。

凍える感覚が、全身を駆け抜けていった。

結花と鉢川さんが、同時に顔を上げる。

そんな二人に続いて、俺も声の主の方へと、視線を向けた。

そこで表情もなく佇んでいたのは――真伽ケイ。

「鉢川さん。マネージャーの役割は、必ずしも役者の望みを叶えることじゃないわ。たとえ役者の意に反するとしても、リスクを最小限に抑え、役者生命を確実につなぐ道を選ぶ。その選択をするのが、あなたの仕事のはずよ……違うかしら？」

「………………」

刃のように振り下ろされた真伽ケイの言葉に、鉢川さんはぐっと歯噛みしている。

そんな鉢川さんを見据えたまま、ため息を吐くと。

真伽ケイは、俺たちに背を向けながら──呟くように言った。

「今回の配信の全責任は、アクター養成部長であるわたしが担う。そしてわたしには、和泉さんを出演させるなんて馬鹿げた考え、毛頭ないわ。わたしが矢面に立ち──非難も誹謗も中傷も、すべてこの身で引き受ける。それだけよ」

「……でも。それじゃあ真伽さんは、どうなるんです？　私の代わりに、いっぱい傷つくってことですよね？　そんなの──私は嫌です！」

「気持ちだけ、ありがたく受け取っておくわ。でもね……この信念だけは、決して曲げない。真伽ケイは、既に表舞台を去った存在。和泉さんは、これから舞台で輝き続ける存在。どちらが大事かなんて、明白でしょう？　だから、わたしは──この身を賭してでも、和泉さんの未来を紡いでみせる」

すべては──『和泉ゆうな』を護るために。

真伽ケイは、あらゆる責任を自分一人で背負い込み、その信念とやらに身を投じようとしている。

そんな、愚直で自己犠牲的な、真伽ケイの姿を見ていたら──。

――なんだかムカついて、仕方なくなってきた。

「……そうやって意固地に生きてきて、何が得られたんだよ？　真伽ケイ」

結花たちの視線が、一斉に俺の方へと注がれる。

だけど俺は、構わず続ける。

「結花がとんでもないことを言ってるのは、まぁ分かるよ。けどさ……結花の意思を無視して、危険から引き剥がす。そんなあんたのやり方が絶対に正しいって――そう言いきれんのかよ？」

「ええ。わたしは正しいと信じているわ。信じているからこそ、この道を選ぶの」

「またそうやって‼　一人で勝手に決めんのかよ‼」

――親父(おやじ)から、母さんの過去を聞いたとき。

俺は正直……寂しかったよ。

誰かの笑顔のために、後輩たちにバトンをつないでいこうとした母さんの信念は、否定しない。

むしろ、やっぱり母さんは真面目で優しい人だったんだなって、思ったくらいだ。

でも……それでも。

寂しかったんだよ。

どんな理由があったって、俺は——家族でずっと、一緒にいたかったんだよ。

「護るってのは、箱の中にしまって、大事にすることだけじゃねぇだろ！　結花が全力で立ち向かうって言うんなら……手を繋いで、一緒に立ち向かっていく。そんな護り方だって、あるはずだろ‼　なのに、答えはひとつだって決めつけて——独りで勝手に抱え込んでんじゃねぇよ‼」

吼えるように、叫ぶように。

俺は真伽ケイに——母さんに、想いの丈をぶちまけた。

真伽ケイは驚いた顔で、俺のことを見てくる。

「えへへっ。真伽さん、ありがとうございます。私のこと、いっぱい気に掛けてくれて」

そんな俺の手を、結花はギュッと握ると。

——咲き誇る花のように、笑ったんだ。

「でも……ごめんなさい。私って、意外とわがままらしくって。だから――たとえ傷つくことがあったとしても、最後まで自分自身で向き合いたい。この気持ちだけは、譲れないんです。だって、もう――私は逃げたくないから」

「――分かった。認めよう」

そのときだった。

六条社長が重い口を開いたのは。

思い掛けない言葉だったんだろう、真伽ケイは大きく目を見開いて、六条社長に向かって声を荒らげる。

「麗香！　この件は、わたしが全責任を負うと言ったはずよ!?　勝手なことを――」

「和泉のスキャンダルの対応については、確かに君に委任した。だが、あくまでも『60Pプロダクション』の責任者は、わたしだ。すべての意見を集約した上で――わたしが事務所としての結論を出した。勝手なことなど、どこにもないと思うが？」

真伽ケイの抗議を意にも介さず、六条社長は淡々とそう告げた。

それから、結花の肩にポンッと手を置くと。

赤いルージュが映える唇を緩めて……穏やかに微笑んだ。

「――和泉の満足がいくよう、やってみろ。だが、これ以上は危険だと判断した場合には、わたしの権限で配信は即時中止とする。それでも、かまわないか？」

「……はいっ！　ありがとうございます、六条社長‼」

こうして。

生配信前だってのに、とんでもない大騒ぎになってはしまったけど。

正式に、和泉ゆうなが生配信に出演することが――決まったんだ。

◆

「配信の準備が整ったよ」

会議室に戻ってくると同時に、六条社長は静かにそう告げた。

室内にいるのは――俺、那由、勇海、二原さん、マサ、鉢川さん。

掘田さんは、どこか別の場所に控えているのか、ここにはいない。

そして結花は……配信に備えて、既にブースへ移動している。

会議室に用意されているのは、巨大なスクリーン。

そして、スクリーンに——パッと映し出されたのは。

分割画面で表示された、二つの配信用ブース内の様子だった。

メインブースにいるのは——和泉ゆうな。

ツインテールに結った、茶髪のウィッグをかぶって。

ピンク色のチュニックと、チェックのミニスカートという、ゆうなちゃんの衣装そのもののな格好をしている。

それは紛うことなき、声優・和泉ゆうなの姿になった、綿苗結花だった。

そして、サブブースにいるのは——真伽ケイ。

アンニュイな表情を浮かべたまま、黒く艶やかな髪を掻き上げるその姿は、かつてトップモデルだったというのも頷けるほど……強いオーラを放っている。

「サブブースのケイが、配信の説明等を終えた後、モニターをメインブースに切り替える。そこで和泉から、ファンに向けて話をしてもらう。不測の事態が起こった場合には、サブブースに画面を切り替え、ケイが対応する——そういった算段だ」

「……そうですか。結局、真伽ケイがフォローしてくれることになったんですね」

「そこだけはアクター養成部長として譲らないと、ケイが頑なだったからな」

あれだけ結花の出演に反対していた真伽ケイだから、この案件から外れるんじゃないかなって思ってたけど……意外と頑固なんだな。

「ケイはな。昔から、優しいんだよ」

ふいに、六条社長が。

どこか哀しそうな顔で、笑った。

「優しすぎるからこそ。和泉が──他の誰かが傷つくくらいなら、自分が傷ついた方がいいって。本気でそう考えてしまう。昔から、そういう人間なんだ……ケイは」

「……それだけ聞くと、なんか結花ちゃんに似てね？　兄さん」

俺の隣に座ってる那由が、ぼそっと言った。

「似てねーよ。結花はあそこまで頑固じゃないし……可愛さのレベルが違うだろうが」

「なんで急に、マザコンいじりしてんの？　言い値で買ってやろうか、その喧嘩？」

「マザコンほど、必死にマザーを否定するよね」

「あははは っ！　いい兄妹だね、君たちは。那由くん、わたしもね……遊一くんの言うとおりだと思うよ。ケイと和泉は、明確に違う」

小競り合いをする俺たち兄妹を、愉快そうに眺めながら。

六条社長は、少しだけ遠い目をした。

「和泉と違って、ケイは不器用だから。自分を犠牲にして頑張るあまり――最後には、自分の一番大切なものすら見失ってしまうんだ。『60Pプロダクション』を立ち上げた、あのときのように」

そして六条社長は――俺と那由に向かって、深く頭を下げて。

「戯れ言だと思って聞き流してくれ。遊一くん、那由くん。わたしの夢に京子を巻き込んで、君たちを苦しめて……本当にすまなかった」


――母さんにとっても、それは『夢』だったんだと思う。

モデル時代に、自分がみんなに笑顔を届けてきたように。

後進を育てて、そんな『笑顔の力』をつないでいきたいって、願ってたんだと思う。

だけど、六条社長の言うとおり、母さんは不器用だった。

だからこそ、『夢』と現実の狭間で足掻いた末に、親父との距離ができてしまって。

最後には――『夢』以外をなくしてしまったんだ。

「……謝られても困るっていうか。辛かったか辛くなかったかで言えば、そりゃあ死ぬほど辛かったですし。どんな理由を挙げられたところで、あの人が——俺や那由を捨てて、仕事を取ったっていう事実に、変わりはないです」

頭を下げた姿勢のまま、六条社長の身体がぴくりと揺れた。

「……そうだな。君たちからすれば、許せるわけがないというのは、当然だ」

「いえ。そうじゃないんです。許すとか、許せないとか……誰が正しくて、誰が間違ってたとか。そういうの考える方が馬鹿らしいなって、最近は思うようになったんですよ。そう思わせてくれるような——素敵な笑顔の女の子に、出逢ったから」

辛い過去があった。悲しい過去もあった。

それでも、あの子は——みんなの幸せを願い続けてきた。

誰かの笑顔も、自分の幸せも、誰かの『夢』も、自分の『夢』も。

何ひとつ譲らないぞって顔をしながら、これまでずっと、歩み続けてきたんだ。

そうやって——人と人を。笑顔と笑顔を。結んできた、あの子が。

和泉ゆうなが。

綿苗結花が。

――俺の可愛いしかない許嫁が、そばにいてくれるから。

だから……もういいんだ。

「……遊一くん」

六条社長がゆっくりと顔を上げた。

俺はちらっと那由の方を見る。

那由は「やれやれ」って顔をしながらも、なんか嬉しそうに笑ってる。

それから俺は、肩の力を抜いて――心からの想いを、言葉にしたんだ。

「そんなこと、もういいから……みんなで一緒に笑いましょうよ。だってその方が――絶対、楽しいはずだから」

配信がはじまる。

けれど俺の心は、不思議と落ち着いていた。

だって、結花なら絶対に――みんなに笑顔を届けられるって、信じてるから。

☆もう、ひとりじゃないから☆

「――弊社の所属声優・和泉ゆうなの件で、大変お騒がせしてしまっております。まずは『60Ｐプロダクション』を代表しまして、心よりお詫び申し上げます」

配信開始と同時に、サブブースにいる真伽さんの声が、イヤホン越しに聞こえてきて。

机の上に置かれたモニターには、真伽さんが喋っている姿が映し出されて。

メインブースで待機してる私は……なんかもう、心臓がバクバクして、爆発しちゃいそうだよぉ！

「――ＭｅＴｕｂｅでチャンネルを運用する個人の方が、『和泉ゆうなのスキャンダル』と銘打ち、和泉ゆうなのプライベートに関わる動画を無断で撮影し、投稿した。これが今回の件の発端です。このことについては、明確なプライバシー侵害・肖像権の侵害に該当すると判断され、既に対応を進めて――」

……もちろんね？

自分で、生配信に出演するって言い出したときから、覚悟はしてたんだよ？

だけど、いざってなるとね……昔の弱気な自分が、顔を覗かせちゃって。

なんだか息が、苦しくなっちゃうの。

「――切り抜き動画をアップロードした他の方々についても、同様の対応を検討しております。つきましては、件(くだん)の動画のさらなる流布(るふ)、ならびに本日の配信の違法アップロードは、くれぐれも――」

真伽さんが喋るたびに。

MeTubeのリアルタイムチャットが、どんどんスクロールされていく。

この生配信を観(み)ている、たくさんの人たちが……思い思いの言葉を書き込んでる。

■『カマガミ』ガチで終わったな

■動画の内容は事実だってこと?

■『八人のアリス』ってどうなるの?

■和泉ゆうな好きだったから凹(へこ)む

そんな言葉のひとつひとつが。

中学の頃、あの教室で向けられた言葉みたいに、鋭く尖(とが)って見えて。

なんだか……脚が震えてきちゃう。

「――長くなりましたが、現状の報告は以上です。なお、流布された内容の事実関係等につきましては……和泉ゆうな本人から、ご説明させていただきたいと思います」

私はグッと背筋を伸ばして、まっすぐ顔を上げました。

モニターが切り替わって、真伽さんのいるブースではない場所が映し出されます。

そこに映ってるのは――。

茶色い髪をツインテールにして、ピンク色のチュニックとチェックのミニスカートを身に纏った、『アリステ』のゆうなみたいな格好の。

そう、私――和泉ゆうなでした。

「えっと……このたびはお騒がせしてしまい、申し訳ありません。和泉ゆうなです」

なんだかいつもより、声が上擦っちゃう。

リアルタイムチャットが、さっきまでより勢いよくスクロールしていく。

「動画には、私以外にらんむ先輩も映っていたと思いますけど、らんむ先輩は全然関係ないんです。それだけは、まず分かってもらえると嬉しいです。その上で、ですけど……動画にあった私のことについては、えっと……ほとんどが、事実です」

■■ってことは、やっぱ経験済み？
■■うおおお、彼氏うらやましいなぁ
■■『恋する死神』＝『弟』＝彼氏？
■■推してたファンども、ご愁傷様ｗｗ

書き込まれていく、コメントが。

私の頭の中を、真っ白にしていく。

「…………えっと。事実、です。でも、私は、お相手の方だけじゃなく、ファンの皆さんのことも大事で…………」

言葉が上滑りしてる。自分でも分かってる。

だけど、気持ちと身体が、繋がってる感じがしない。

頑張るねって。応援しててねって。遊くんたちに言ったのに。

だめだめじゃんよ……私。

「──貴方の決意は、そんなものなの？」

そのときでした。

耳馴染みのある厳しい声が、イヤホンから聞こえてきたかと思うと。

音もなくブースの扉が開いて。

私の目の前に──もう一人の女の子が、現れたんです。

★いつか夢が、来たるように★

「よっ。らんむ」

「……お疲れさまです。掘田さん」

『60Pプロダクション』の、ほとんど物置き部屋と化している一室。

そんな殺風景な部屋で、壁を背にしたまま物思いに耽っていたら……ニカッとした笑顔の掘田さんが、声を掛けてきた。

そして掘田さんは、私の手のひらの上に、そっとイヤホンを置く。

「六条社長に話は通しといたよ。らんむの予想どおり、ゆうなちゃんが自分で配信に出る流れになってたからさ。交渉も何も、二つ返事でOKって感じだったわ」

……やっぱりゆうなは、自ら配信に出演しようとしていたか。

まったく。天然で、強情で、とことんまっすぐなんだから。

まぁ、でも……人のことは言えないな。

だって私もこれから――「ありえないこと」をやろうとしているのだから。

「ちなみに。真伽さんはゆうなちゃんの出演に、めっちゃくちゃ反対してたよ」

「でしょうね」

「軽っ！　あんたの憧れの人なんでしょ、真伽さんは。そんな真伽さんの意見と真っ向対立することを、あんたはやろうとしてんのよ？　気になんないの？」

「ならないですね。私が真伽さんに嫌われるだけで、ゆうなが救われるというのなら――むしろ本望ですよ」

掘田さんから受け取ったイヤホンを、耳に入れる。

すると――凛とした声で『カマガミ』の件を語る、真伽さんの声が聞こえてきた。

その声をBGMに、私は歩き出す。

掘田さんはそんな私を見ながら、優しく微笑んでくれている。

「……掘田さん。ゆうなは不思議な子ですね。私とは違う輝きを持っていて、その光はどこか温かくて。だからこそ――放っておけない」

「わたしに言わせりゃ、あんたも一緒だわ。あんたとゆうなちゃんって、月と太陽くらいぜんっぜん違うタイプだけどさ。どっちも一生懸命頑張って、一生懸命に輝いてる。どっちも放っておけない、可愛い後輩ちゃんだよ」

「……意外といい先輩ですよね。掘田さんって」

「意外とは余計だな⁉　いーから行ってらっしゃい。応援してるよ、らんむ！」

そして私は、掘田さんに会釈してから。

和泉ゆうなが配信を行うブースへと向かう。


――ゆうなはおそらく、『60Pプロダクション』の緊急配信の場に自ら出演するなんて、突拍子もないことを提案すると思います。

――そして、反対されようとも絶対に折れず、その意見を押し通すはずです。


昨晩、掘田さんに連絡を取った私は、そんな見解を伝えた。

ゆうなの行動を否定するつもりも、邪魔するつもりも、毛頭ない。

けれど、いざ『舞台』に立ったとき。

ゆうながプレッシャーで押し潰されないよう――策を講じておきたかったんだ。

……そして私は掘田さんに、割と突拍子もないお願いをした。

けれど掘田さんは、呆れることも嘲笑うこともなく、私の話を真剣に聞いてくれて。そして六条社長に、話を通してくださった。

そのおかげで私は、こうして――『舞台』を成功に導く手助けへと、向かうことができている。

「……誰かに助けを求めるのも、悪くないわね」

自分のすべてを捨ててでも、人生のすべてを捧げてでも、叶えたい夢がある。

そう自分に言い聞かせて、私は孤独に、ひたすら走り続けてきた。

だけど……もういいんだ。

人の夢や信念を馬鹿にして、踏みにじるような人間は、必ずいる。

けれど、それと同じくらい……どんな私だろうと、支えてくれる人たちもいる。

そのことに、ようやく気付けたから。

だから、もう……紫ノ宮らんむだとか、野々花来夢だとか。なんでもいいんだ。

夢がいつか来たるその日まで、私は私として——咲き乱れてみせるから。

——そして、私は。

ゆっくりとブースの扉を開けて、言い放った。

「——貴方の決意は、そんなものなの？」

☆笑顔を結ぶ花になって★

■　え？　誰？　■　紫ノ宮らんむ……じゃね？　■　ウィッグ忘れてる？

目の前に置かれたモニター上を、無数のコメントが流れていきます。

それくらいみんな、びっくりしたんだと思う。

うんうん。分かるなー、その気持ち。

だってだよ？「——貴方の決意は、そんなものなの？」なんて言いながら、配信用ブースに入ってくる人がいたら……らんむ先輩だと思うじゃんね？

「いつまで緊張して、言葉に詰まっているの？　ファンと向き合うと決めたのは貴方でしょう？　覚悟を決めて、しっかり喋りなさい……ゆうな」

「いやいや!?　言葉に詰まってるのは、先輩の格好にびっくりしたからですよ!?」

なんで当たり前みたいな顔で諭してくるんですか、もぉぉ!!

紫色を基調とした煌びやかなスカートと、ノースリーブのトップス。二の腕まで覆う長さのアームカバーと、炎みたいに真っ赤なチョーカー。

そんな、格好良くってセクシーな、らんむちゃんのライブ用衣装を着ているのに……来夢さんは、いつものウィッグをかぶっていませんでした。

栗色のショートボブ。くりっとした大きい瞳。少し太めの眉。

そう、らんむ先輩のようで、らんむ先輩じゃない……らんむ先輩と来夢さんの中間、みたいな感じなんです！

「見てくださいよ！　ウィッグを忘れたんじゃないかとか、言われてますって‼」

「ウィッグを忘れるだなんて、あるわけがないでしょう？　どこぞの天然さんでもあるまいし。私がウィッグをかぶっていたのは、少しでもらんむに近づくため。紫ノ宮らんむとしての『演技』を、完璧にするためよ。だからもう——必要ないの。どんな格好だろうと、私は私だと理解したから」

そう言って来夢さん——らんむ先輩は、にこやかに微笑みました。

その笑顔には少しの曇りもなくって、なんだかとっても温かい。

「自分の話になるけど……私は真伽ケイさんに憧れて、人生のすべてを『演技』に捧げると誓って、これまで努力を積み上げてきたわ」

「……そんなの、配信を観てる誰もが知ってると思いますよ？ ストイックで格好いい、そんなならんむ先輩のことが――みんなも、私も。大好きなんですもん」

「けれど。『演技』だけじゃなくて。ファンも、友達も、家族も……恋人も。すべてを大事にしながら、何ひとつ諦めないで突き進んできた後輩を、私は知っているの。紹介するわ。すべてを照らす輝きを持った、太陽のような声優――和泉ゆうなよ」

「ぎゃあああ⁉ 言いすぎです、言いすぎ！ ハードルが高すぎて、くぐって下を通れちゃうじゃないですか、そんなの‼」

ちょっと六条社長！ 危険なときは中止じゃなかったんですか⁉

先輩のせいで、とっくに私のライフはゼロですよぉぉ！ もぉぉぉぉぉ‼

■■ 実家（アリラジ）のような安心感

■■ ゆうなちゃん見てると癒されるな

まもりたい、この笑顔

彼氏がどうだとか、もうよくね？

…………あれ？

変なの。さっきまではコメントを見たら、胸のあたりがチクチクしてたのに。

いつの間にか、そんな感じ――しなくなってる。

『らんむ。お便りが届いたから、ブースにあるタブレットを確認して』

――んにゃ⁉　今、イヤホンから掘田さんの声が聞こえたよね⁉

しかも、らんむ先輩に話し掛け……ど、どういうこと⁉

混乱しすぎて、頭がうにゃーってなっちゃってるんだけど。

だけどそんなのお構いなく、らんむ先輩は机の上のタブレットを触りはじめました。

それから――タブレットの画面を、じっと見つめて。

ニヤッと、無邪気な顔で笑ったんです。

「それでは皆さん。ここでお便りを紹介するわ」

「らんむ先輩、待ってってってば⁉　お便りってなんですか？　この配信、そういう楽しい声優ラジオ的なやつじゃないんですよ⁉」

「細かいことを言うのね。いつもは貴方こそ、はちゃめちゃ天然お馬鹿なのに」

「はちゃめちゃ天然お馬鹿⁉　悪口ですよ、それ！」

「それではペンネーム――『恋する死神』さんからの、お便りです」

「話を聞い……へっ⁉　『恋する死神』さん⁉」

らんむ先輩が乱入してきたり。『恋する死神』さん――遊くんからお便りが届いたり。

もう何がなんだか、さっぱり分かんない。

そんな、完全パニックな私をスルーして……らんむ先輩はゆっくりと、お便りを読みはじめました。

「――『皆さん、このたびはお騒がせしてしまって、申し訳ありません。長年、和泉ゆうなさんのファンをしている、「恋する死神」です。噂のとおり、僕は現在、和泉ゆうなさんとお付き合いさせていただいています。そして……過去にラジオ等で、和泉ゆうなさんが「弟」と表現していた人物も、僕で間違いありません』」

■ **ファンの気持ちを裏切った、和泉ゆうなと『恋する死神』を許すな** ■

らんむ先輩がお便りを読みはじめた途端。

リアルタイムチャットに、そんなコメントが書き込まれました。

地の底から湧き上がってきたような、暗くて寂しいそのコメントは、匿名だから根拠はないんだけど。

なんでだろう……『カマガミ』さんが書き込んだんじゃないかなって。そんな風に思っちゃった。

行き場のない叫び声のような。自分でも分からない孤独に苦しんでいるような。

そんな——悲しいコメント。

ついさっきまでだったら、きっと胸がズキッと痛くなってたんだろうなーって思う。

でもね。自分でも不思議なんだけど。

今はなんだか……胸の奥がぽかぽか温かくって、少しも怖くないんだ。

「『皆さんを不快に思わせたことは、何度でも謝ります。けれど、どうしても否定させてほしいことがあるんです。交際相手を優先して、和泉ゆうなはずっとファンを見下していたに違いない——そういった風説についてです。そんなこと……あるわけないじゃないか！　今まで和泉ゆうなの、何を見てきたんだよ‼』」

らんむ先輩が、熱の籠もった声で、お便りを読み上げていく。

その熱気の中に、私は……真剣な表情をした遊くんの姿が、見えた気がしました。

「『ゆうなちゃんも、和泉ゆうなも……大切な人と一緒に笑っていられるよう、いつでも全力だったはずです。大切な人っていうのは、恋人って意味じゃない。たとえ恋人がいたって……ファンも家族も友達も、すべてを大事にしたいって！　欲張りに頑張っちゃうところが、和泉ゆうなの魅力なはずです‼　ゆうなちゃんと暴露系ＭｅＴｕｂｅｒ——ファンとして、一体どっちを信じるんですか‼』」

……もぉ、遊くんってば。

このタイミングで、お便りを送ってくるなんて。とんでもないことするなぁ。あははっ。

……あれ？　なんでだろ、変だなぁ。

私、笑ってるはずなのに。

なのに、なんでだろ……涙が溢(あふ)れて、止まんないよ。ばか……。


「──お便りへの感想は、どうかしら？　ゆうな」

泣きながら、笑いながら、顔を上げると。

らんむ先輩が私を見つめたまま、穏やかに微笑(ほほえ)んでいました。

その笑顔は、まるで月光みたいに……淡くて、優しくて。

「……えへへっ。素敵なお便りをありがとうございました、『恋する死神』さん！　駆けつけてくれてありがとうございます、らんむ先輩！　よーっし、こうなったらぁ……私は、私らしくっ！　全力で頑張っちゃいますよぉ？」

ありがとう、遊くん。

ありがとう、来夢さん。

ありがとう、勇海(いさみ)。那由(なゆ)ちゃん。お父さん。お母さん。

ありがとう、桃ちゃん。倉井くん。久留実さん。掘田さん。

みんなみんな……本当に、ありがとうね？


私、もう——迷わないよ。

みんながくれた、いっぱいの笑顔を胸に。

これからもずーっと……みんなと一緒に、輝いてみせるから。


——そして私は、ウィッグを脱いで。

乱れちゃってる地毛を整えてから、元気よく言いました。

「皆さん！　いつも応援、ありがとうございますっ‼　気持ちも新たに……シン・和泉ゆうな？　和泉ゆうなマークⅡ？　そんな感じで、よろしくお願いしますっ‼」

ゆうなとは違う黒い髪を、曝け出して。

ゆうなが着てるのと同じ、可愛いピンクのチュニックの襟を正して。

私は、モニターの向こうのみんなに向かって笑い掛けます。

「……そんな感じ、とは？　何を言っているのか、よく分からないわ。貴方、中身がはちゃめちゃ天然お馬鹿なだけじゃなく、センスもはちゃめちゃなのね」

「はちゃめちゃに辛辣ですね、らんむ先輩……さては仲良くなったら口が悪くなっちゃうタイプの人ですね？　だから私に口が悪いんでしょ。もぉ、照れ屋さんだなぁ！」

「ポジティブね」

私は『アリス』になったとき——独りぼっちのガラスの部屋を、抜け出しました。

でもね。みんなを信じてないわけじゃないけど……ガラスの部屋を出た後も、素の自分を見せるのは、やっぱり怖かったんだ。

怖いから私は、眼鏡やウィッグを使って……素の自分を隠してた。


だけど私は……学校で、眼鏡を外した。

配信で、ウィッグを取った。

これでもう、私を隠すものなんて、なんにもなくなっちゃった。

そしたらね……あははっ！　変なの。

びっくりしちゃうくらい、気持ちいいじゃんね？

「この格好で皆さんの前に出るのって、初めてですね？　ゆうなと比べて、地味な子すぎる見た目ですよね。ごめんなさい」

目の前のモニターを、すっごいスピードでコメントが流れていく。

■**こっちの方がむしろ可愛い**　■**『カマガミ』の動画で観たのと同じ顔だ**

「こっちの方が可愛いって言われると、ちょっと照れますね……えへへっ。えっとですね、これまでゆうなの格好をしてたのは……らんむ先輩の理由と似てますけど、少しでもゆうなに近づきたかったからなんです。素の私って、コミュニケーション下手っぴで緊張しいだから、見た目から気合い入れちゃうぞー！　みたいなっ‼」

■**でも、彼氏いるんでしょ？**　■**↑そういうの、もうウザいって**

「はいっ。さっきお便りをくれた『恋する死神』さんは、デビューしたばかりの頃から私を応援してくれてる、ファンの人なんですけど。その『恋する死神』の、中の人と……確かに私は、お付き合いしてます」

■**隠れて彼氏を作って、俺たちファンを裏切って、陰で嘲笑ってたんだろ？**■

あ……ひょっとして『カマガミ』さん、かな？

ごめんなさい。きっとたくさん、嫌な思いさせちゃったんですよね？

もっと私、頑張るから――よかったら、一緒に笑いましょうねっ！

「付き合ってる人がいるのが裏切り、なんだとしたら……ごめんなさい、私は大罪人ですっ！　だって私、付き合ってる上に、相手のこと――大好きすぎるんだもん‼」

「公開のろけね。それで？　どんなところが好きなのかしら？」

「えっとですねー、まずは存在そのものですねっ！　顔が格好いい&可愛いのは置いといてー、なんていうか、この星に存在していることが奇跡！　みたいな感じです‼　ただ生きてるだけで、息してるだけで、ふぉぉぉぉきゃわいいぃぃぃ‼　ってなって――」
■息してるのが好きｗｗｗ　■さすがに草生える　■おもしれー声優ｗ
■なんだ、ただの持ちギャグ発表会か　■スキャンダルとはなんだったのか
「あ、皆さん楽しんでくれてますねっ。わーい、よかったですー‼　『恋する死神』さんの中の人、すごーい！」

「すごいのは、貴方のスチャラカ天然っぷりだと思うけど」

呆れたような口調でツッコミを入れてくれる、らんむ先輩。

そして私は、自分の胸にそっと両手を当てて――目を瞑りました。

「……確かに私には、好きな人がいます。けどね？　私って、ゆうなとおんなじくらい、欲張りな子だから。『ある日突然、世界が無人島になったとき、ひとつだけ持っていくとしたら何？』って問題を出されたら……ひとつはやだ！　好きな人もファンも、家族も友達も。大事なものを全部まとめて、この一セットでお願いします‼　――って。そう答えたい。そんな困ったちゃんなんだ、和泉ゆうなは」

「何その、奇抜なお題と回答？　けれど……あははっ！　確かにそう答えるでしょうね。私の大好きな、和泉ゆうなだったら」

らんむ先輩が口元に手を当てて、楽しそうに笑いました。

それにつられて、私も一緒に、声を上げて笑っちゃって。

そうしたら不思議と、コメントも……なんだか楽しいものが増えていって。

そして――――。

■　頑張れ、ゆうなちゃん！　絶対にわたしは、味方でいるからね（さくら）■

わざわざ書き添えた、『さくら』というハンドルネーム。

それにこの、コメントの内容。

——咲良ちゃんだ。

「……ハンドルネーム『さくら』さん。温かいコメントをありがとう。お互い……幸せでいっぱいの毎日を、過ごそうね？」
■**学校でも、和泉ゆうなちゃんはこんな感じ！　どこにいたって、最強に可愛いそんな、裏も表もないゆうなちゃんが……うちは大好きだかんね？（ももの ん）**■
「あははっ！　学校のこと書いてる人がいるね……ハンドルネーム『もものん』さん。分かるよー？　可愛くってヒーローな、私の親友でしょ～？」

桃ちゃん、いつもありがとう……大好き。
■**ゆうなちゃん、同じ高校の同級生なんだけどさ。めっちゃピュアな子だよ！**
■**陰で人を馬鹿にするとか、絶対しない系だから、ファンの人たちは安心して◎**

■俺の最推しは、らんむ様以外にいねぇ！　けどな……ゆうな姫？
いつもまっすぐで、ファンに真摯なその姿――応援してるぜ！（イケマサ）■

「ちょっとぉ！　学校での話、そんなに書かないでよ、もぉぉぉ……あ。らんむ先輩！
ハンドルネーム『イケマサ』さんに、何か一言！」

「……ありがとう。これからも私とゆうなに、振り落とされずついてきなさい」

倉井くん、ナイスアシストだったでしょ～。どやっ！

大丈夫？　昇天しちゃってないよね？

■ゆうなちゃん、マジ天使　いつもありがとう（NAYU）■

■ふふっ……愛に溢れたこのコメント欄は、さながら君に捧げる花束みたいだね？
美しく可憐な、愛しいゆうな（勇海）■

■こいつ荒らしじゃね？　通報しました（NAYU）■

何やってんのさ、那由ちゃんと勇海は。

ここ、MeTube上だからね？　遊ぶんなら、家の中でやんなさいよ。もぉ。

知り合いっぽいみんなのコメント。面識のない人たちのコメント。

リアルタイムチャットは、どんどん盛り上がってきてるんだけど。

不思議だな……私や『恋する死神』さんを叩くコメントも、『カマガミ』さんを批判するコメントも、全然見掛けなくなってきたの。

応援メッセージが書き込まれたり。

小ネタみたいなことが書き込まれたり。それに誰かがツッコんだり。

そんな感じで——コメント欄は。

まるで一面の花畑みたいに、優しさの花で溢れていました。

「……昔の私が見たら、どう思うんだろうな」

ガラスの部屋に籠もって、独りぼっちで泣いてばかりいた、中学の頃の私には。

想像もできなかったような——優しくて温かい世界が。

奇跡みたいに、私の目の前に広がっていて……………。

■ みんなが優しくて温かいのは
あなたが笑顔と笑顔を、結んできたからだよ（恋する死神）■

さぁっと——爽やかな風が、私の中を吹き抜けていったような。
そんな気がしました。
だから私は……私が一番好きな、ゆうなのセリフを思い浮かべて。
とびっきりの笑顔で、言いました。

「ありがとう、みんな！　私はずーっと、みんなのそばにいるよ‼　だから……これからも、ずーっと……一緒に笑お？」

——やっと分かった気がするよ、遊くん。
これが、私の結んできた……笑顔、なんだね？
私のちっちゃな頑張りが、少しずつみんなに届いて、世界に笑顔が溢れていく。
それがいつか、たくさんの幸せに繋（つな）がっていくんだとしたら。
私は、笑顔を結ぶ花になって。
楽しいしかない、そんな世界に——しちゃうから。

第11話　どんな悲しい御伽話も、ハッピーエンドに変える魔法があるから

波乱しかない生配信が終わった。

途端にドッと疲れが襲ってきて……俺は会議室の椅子へと座り込んだ。

そんな俺に続くように、那由も同じく、俺の隣の椅子にドカッと座る。

それから——ことんと。

那由は珍しく、俺の肩に寄り掛かってきた。

「……お疲れ、兄さん。今日は格好良かったよ、割とマジで」

「ありがとよ……けどな。格好良かったのは俺じゃなくて、結花の方だよ」

椅子に腰掛けたまま、ぐるりと会議室を見渡す。

勇海と鉢川さんは、力尽きたみたいに机に突っ伏していて。

二原さんはしゃくり上げるように、大泣きしていて。

そしてマサは……なんか床に転がって、口から魂を吐き出してやがる。

「おい、マサ。なんでお前が一番、放心状態なんだよ？」

「……らんむ様が俺に、ありがとうって、言った……らんむしゃまが……ほぉぉぉ……」

「いや。ありがとうくらい、来夢に何度も言われたことあるだろ」

「来夢は関係ねぇ！　らんむ様にはなぁ……中の人なんかいねーんだよぉぉぉ‼」

「怖っ⁉　落ち着けって、お前。どっちかっていうと、紫ノ宮らんむ自体が中の人──」

「うるせぇぇぇ！　それじゃあ、中の人の中の人は、いねぇんだよぉぉぉぉぉ‼」

お、おう……。

凄まじいほどの気迫と、絡んでも得しなそうなコメント。

オーケー。俺は迷わず、マサをスルーすることに決めた。

「──やぁやぁ。くるみんと皆の衆ー。ダブルヒーローのご帰還……の前にっ。スーパーサポーターの掘田でる様が、帰ってきたよん」

緊張から解放された空気の、会議室に。

意気揚々と入ってきたのは、今日の陰の立て役者である、掘田さんだった。

セリフ自体は尊大なのに、三つ編みおさげを指先で弄って照れくさそうにしているあたり、実に掘田でるらしいなって思う。

そして、そんな掘田さんに続いて──会議室に入ってきたのは。

「やれやれ。スキャンダルの釈明が目的の配信だというのに、とんでもない『番組』に仕上げてくれたものだな」

「……とんでもないのは、麗香も一緒よ。あなたが許可しなければ、こんな騒ぎにはならなかったんだから」

『60Pプロダクション』代表取締役の、六条麗香さん。

そして、生配信ではサブブースに控えていた、専務取締役兼アクター養成部長の――真伽ケイ。

「恨み節を言うなよ、ケイ。確かに、許可をしたのはわたしだ。だが……ここまでの化学反応を起こしたのは、アクターの力によるものだろう？　なぁ、掘田」

「いやいや。わたしはらんむに言われたとおり、動いただけなんで。褒めるにしろ、お説教するにしろ……言い出しっぺのらんむの方にお願いしますよ。もしくは、この大騒動の座長を務めた――ゆうなちゃんに」

嘯くようにそう言ってから、掘田さんは鉢川さんに視線を送った。

それに気付いた鉢川さんは、はぁ……と、大きなため息を吐いてから。

掘田さんに向かって、グッと親指を立てて見せた。

「――なんだか、全員集合といった様相ね。それじゃあ、ゆうな……主役の貴方から、何か一言あるかしら？」

「ふえ⁉　どんな無茶振りなんですか、らんむ先輩ってば‼　本当は私のこと、弄ってますよね⁉　もぉ～……弄るんなら、そういう顔してくださいよ！　ポーカーフェイスなんだから、らんむ先輩はぁ‼」

――最後に、俺たちの前に現れたのは。

スキャンダル後の緊迫感を孕んだ生配信を、いつもの『アリラジ』のテンションに塗り替えて、みんなに笑顔の花を咲かせた二人。

紫ノ宮らんむこと、野々花来夢と。

和泉ゆうなこと、綿苗結花だった。

「えーっと、えーっとぉ……皆さん、お疲れさまですっ！　それから色々と――どうもありがとうございましたっ‼」

来夢のフリを受けた結花は、深くおじぎをして言った。

しばらく頭を下げた後、姿勢を正すと――結花は俺の方を見て、にこーっと笑う。

そして、思いっきり跳躍して。

「えへへー、遊くんっ！　お手紙どうも……ありがと大好きぃぃぃぃ‼」

「ちょっ⁉　結花、いつもより勢いが強――ぎゃあああっ⁉」

凄まじい勢いで、俺の胸に飛び込んできた結花は。

そのまま、べしゃあっと……俺のことを、床に押し倒した。

「ふにゅううぅ……遊くんパワー、摂取ちゅうー。ぎゅー、ぎゅぎゅっ、ぎゅー。えへへー、遊くん温かいー。しゅき……大しゅきっ☆」

「やめなさい、本当に⁉ 公衆の面前っていうか、完全に知り合いから注視されてる状況なんだからね⁉」

「はぁ……シリアスな空気が続かない人ね、結花さんは」

ぼやきながら、肩をすくめる来夢。

けれどその表情は、どこか楽しそうに見える。

それから来夢は――六条社長の方に、身体を向けた。

「六条社長。このたびは私とゆうなが、各方面に多大なるご迷惑をお掛けしました。心からお詫びいたします」

「………………」

手元のスマホに視線を落としたまま、無言でいる六条社長。

それでも来夢は、六条社長から決して視線を逸らさない。

「……『カマガミ』のアカウントから、すべての動画が削除されたそうだ」

――永遠にも感じられるような時間の後で。

六条社長が淡々と、そう告げた。

「すべての動画……って？　アカウントが凍結されたってことですか？」

「そうじゃないよ、遊一くん。『カマガミ』が自ら、すべての動画を削除したということだ。そして、別件で被害届を出していた他事務所から、情報提供があったよ。『カマガミ』は、つい先ほど――これまでの迷惑行為を償うために、警察に出頭したそうだ」

「あの『カマガミ』が……そんなことを？」

声優を偶像化しすぎるあまり、歪んだ正義感を振りかざし続けてきた、ＭｅＴｕｂｅｒ『カマガミ』。

その哀しい鎌は、和泉ゆうなだけじゃなく、何人もの声優を傷つけてきた。

そんな『カマガミ』がまさか、自分の行いを悔い改めるようになるなんて……。

「けっ！　自首したくらいじゃ、許さねーし。死して償えし」

「こら、那由ちゃん……めっ、だよっ！　罪を憎んで人を憎まずって言うでしょ？　そんな怒った顔しないでぇ……えーい、笑えー‼」

「ちょっ⁉　結花ちゃん、くすぐんないで……きゃはははっ‼」

立ち上がった結花は、那由を後ろから抱き締めると、くすぐり攻撃を仕掛けはじめた。

結花の攻撃を受けて、身悶えしている那由。

そうやって――那由をひとしきり笑わせてから。

結花は、床に寝そべったままの俺を見下ろすと、にこりと微笑んだ。

「ねぇ、遊くん。『カマガミ』さんも、ほんのちょびっとくらいは……笑顔になってくれたのかな？」

「……ああ。『カマガミ』にも届いたはずだよ。結花の、笑顔の力は」

あれだけのことをされたってのに。

『カマガミ』を嫌悪するどころか、心配までしちゃうんだもんな。

俺の許嫁になった綿苗結花は、和泉ゆうなは。

どこまでも優しくて、天然で、温かくて。

いつだって……とてつもない大きさの愛や幸せを、みんなに分けてくれるんだ。

「――『カマガミ』の動画はすべて消え、別アカウントが作成した切り抜き動画の類いも、ほぼ一掃されたとのことだ。SNS等での生配信に関するコメントも、今のところ好意的なものが大半で、炎上とおぼしき状況は確認されていない。お疲れさま、和泉――これで一段落だ」

「マジかぁ！　すごい、すごいじゃんよ結ちゃん‼」


六条社長が、事態の収束宣言を告げたのと同時に。

二原さんは飛び上がって喜ぶと、結花をギューッと抱き締めて——そのまま胸の谷間へと、結花の顔を呑み込んだ。

「んにゃ⁉　も、桃ちゃ……息ができな……むぎゅ」

むぎゅむぎゅ。むぎゅー。

そんな効果音が聞こえてきそうな中、二原さんの豊満な胸の中に、結花が沈んでいく。

えーっと……なんでだろう？

ただ見てるだけなんだけど、なんか身体がムズムズして、爆発しそう。

「結ちゃん、すごすぎんよ……変身アイテム破壊からの宇宙空間への放り投げコンボを食らったのに、奇跡の力で大逆転勝利しちゃったくらい！　めっちゃすごいことだって‼」

「何そのたとえ⁉　全然わかんな……んにゅ。桃ちゃん離して、おっきなおっぱいで窒息……むにゅ。う……うにゃあああ！　知ってるもんねーだ‼　こういうのがいいんでしょ遊くんは⁉　ばーかばーか！　おっぱいの海で溺死しちゃえっ‼」

え？　なんで今、俺の方に飛び火したの？

むにゅむにゅされたいだなんて、言ってないよ？　うん、絶対に言ってはいない。

「へぇ。なるほどなぁ……けっこー罪な男なんだねぇ？『弟』くんって」

「そうよ、でる。遊一くんは真面目で好青年って見た目だけど……若くて巨乳な子が好物の、むっつりスケベ男子なんだから！」

「ちょっと待って⁉　鉢川さんはマジで、根も葉もない噂を流すのやめて⁉　その噂が出回ったら、今度は鉢川さんに謝罪会見させますからね‼」

──ああ。

なんか、いつもどおりって感じだな。

掘田さんはニヤニヤしながら、俺の方を見てるし。

鉢川さんは、理不尽なことに、ジト目でこっちを見ている。

マサの奴は……なんだよ、まだ魂を出して呆けてんのかよ。

那由と勇海に至っては、なんか知らんけど、相変わらずな言い合いをしてやがる。

『カマガミ』の件を発端に、一時はどうなっちゃうんだろうって思うくらい、不安な日々を送ってたけど。

こうしてまた、いつもどおりの穏やかな空気が帰ってきて──本当に嬉しいよ。

………あれ？

「来夢と真伽ケイは、どこ行ったんだ？」

さっきまで会議室にいたはずなのに。

いつの間にか、来夢と真伽ケイの姿がない。

「ちょっ……勇海のせいだし！　あたしまだ、母さんとほとんど話せてないのに‼」

「違うよ！　結花にくすぐられる那由ちゃんを、僕は微笑ましく見てただけなのに。笑われたと思って腹を立てた那由ちゃんが——結花と那由ちゃんが一緒の布団で寝てる写真を、自慢げに見せてきたんでしょ！　羨ましシチュエーションで僕に喧嘩を売ってきたのは、そっちじゃないか‼」

どっちもどっちだった。

「ああ、もう……うっさいし！　勇海にかまってる場合じゃないっての‼」

那由はそう言い捨てると、一目散に会議室を飛び出した。

そんな那由のことを、追い掛けなきゃって思うけど。

——無表情の真伽ケイが、頭の中に浮かんできて。

なぜだか俺は、踏み出すことができなかった。

そのとき……俺の背中に、ぽんっと。

――結花の柔らかな手のひらが触れた。

「……結花？」

「遊くん、私ね？　みんなに力を貸してもらって、生配信で頑張って喋ったよ」

俺の背に手を当てたまま、結花は穏やかな声色で続ける。

「それから……学校でもね？　勇気を出して、本当の自分を見せて、思ってることを全部話したよ。もう中学の頃の、弱虫だった綿苗結花じゃないから。いっぱいいっぱい、頑張って前に踏み出したから――みんなと一緒に、たくさん笑えるようになったんだよっ」

結花が笑った。

その笑顔は、この世のどんなものよりも、綺麗だった。

「だから――今度は遊くんの番だよ」

そして結花は、俺の背中をトンッと押した。

まだ背中に残ってる、結花の手のひらの温もり。

それが泣きそうなくらい……温かかったから。

「――ああ。ありがとう、結花。今度は俺の番……だよな！」

結花に見送られながら、俺は那由を追って、会議室を飛び出した。

「だいじょーぶだよ。だって、私がずーっと……そばにいるんだからっ！」

廊下を曲がる直前に。

俺の背中に向けて放たれた、結花のその言葉は。

まるで魔法のように——心の中にある不安も恐れも、すべて溶かしてくれたんだ。

◆

『60Pプロダクション』のエントランスに到着すると。

そこには足を止めて、立ち尽くしている那由の姿があった。

急いで駆け寄ると、那由はぼんやりしながら、呟きを漏らした。

「…………母さん」

那由の視線の先には——野々花来夢に右腕を摑まれて。

その場に引き留められている、真伽ケイの姿があった。

「……離してちょうだい、紫ノ宮さん」

「申し訳ないですが、それはできないです」

来夢をギリッと睨みつける真伽ケイ。

けれど来夢は、まるで動じた様子も見せない。

「どういうつもりなの、紫ノ宮さん？　こんな馬鹿な真似をして」

「真伽さんがひっそりと、事務所から立ち去ろうとされていたので。手荒で申し訳ないのですが、引き留めさせていただいた。それだけのことです」

「あなたに引き留められる筋合いは、ないと思うけれど？」

「あははっ。まぁ……そうですね。ごめんなさい」

鋭利な棘を孕んだ言葉を放つ真伽ケイ。

対する来夢は、紫ノ宮らんむとして振る舞っているときとは、まるで異なる声のトーンで応じている。

朗らかで、柔らかで、どこか懐かしい。

一緒に無邪気に笑いあっていた、あの日の教室で聞いた声。

そう――野々花来夢の声で。

「『それぞれの信念があって、それぞれの光がある。正解はひとつじゃないから』——貴方（あなた）からいただいた、私の道標です。貫いてきた信念が、選んできた生き方が、貴方にあるように——私にも譲れない想（おも）いがあります。だから私は、決してこの手を離さない」

　優しい声音のまま、そう断じる来夢。

　そんな来夢の顔を、じっと見据えてから。

　真伽ケイは——ふぅっと、深くため息を吐き出した。

「……和泉さんといい、紫ノ宮さんといい。他人にお節介な子たちね」

「そういう質（たち）では、なかったんですけどね。ゆうなに——結花さんに、感化されたんだと思います。私や真伽さんとは違う……あの太陽のような輝きに」

　そして来夢は、真伽ケイの右腕から手を離すと。

　瞳を煌（きら）めかせながら、力強く言った。

「——真伽ケイ。貴方は私の、憧れの人です。ひとつの夢を叶（かな）えるため、すべてを犠牲にする覚悟を持って挑んできた貴方を、私は心から尊敬しています。けれど私は……真伽ケイにはならない。夢だけじゃ足りないから。夢と一緒に叶えたい、大事な願いがあるから。そうやって生きてもいいんだって——結花さんが私に、教えてくれたから！」

力強く語られた、来夢の信念。

それを聞いた真伽ケイは、黙ったまま、ただ自動ドアの前に立ち尽くしている。

「……あははー。さぁて、これで私と真伽さんの出番はおしまい！　次はそっちの番だよ、遊一？　遊一と、那由ちゃんと、それから――京子さんのね」

おどけるようにそう言うと、来夢は踵を返した。

それから、俺と那由のそばまで近づいてきて……。

「久しぶりだね、那由ちゃん？　おっきくなったねぇー。中学の頃、雅春たちと遊びに行ったときとか、お世話になったよね？」

「……その喋り方やめろし、ムカつくから。野々花来夢……兄さんをたらし込んで、無惨にフって、自我を崩壊させた悪魔め」

「おい、那由。そんな言い方――」

「いいんだよ遊一。だって事実だもの。そりゃあ私にだって、色んな事情や考えはあったよ？　でも……遊一や那由ちゃんを傷つけてしまった罪は、決して消えない」

俺の知ってる野々花来夢と、紫ノ宮らんむと、素の来夢が入り交じったような。

そんな声と表情のまま、来夢は頭を下げた。

「ごめんなさい那由ちゃん。貴方も、貴方のお兄さんも……たくさん傷つけてしまった」

「……そうだよマジで。中三の頃から、ずっと恨んでたし」

「ええ。許されないことは、理解しているわ」

「……けど、まぁ。あたしらが母さんと話せるように、こうして足止めしてくれたんでしょ？　そのことについては……感謝してっから、マジで」

歯切れ悪く、そう言うと。

那由は来夢とすれ違うようにして、ゆっくり前に歩きはじめた。

「だから――ありがと、野々花来夢」

「こちらこそありがとう。那由ちゃん」

「…………けっ」

それから那由は、佇んでいる真伽ケイの正面に立った。

そして、頬を涙で濡らしながら――それでも笑った。

「母さん……久しぶりすぎない？　あたしらのこと、放っておきすぎでしょ……母さんがいなくなってさ、他にも色々あってさ……マジで寂しかったんだからね……馬鹿」

「……那由」

真伽ケイが——母さんが。

目の前で泣いている那由に、手を伸ばそうとする。

だけど那由は、その手を制して。

「待って。とりま、あたしを慰めるとかはいらないから。そんなことより——聞いてほしいこと、いっぱいあるから。どっちかっていうと、兄さん関連の話が多めだけど」

そう言って那由が、いたずらな笑みを俺に向けてくる。

そうだな……那由の言うとおりだよ。

話したいことが、たくさんある。言ってやりたい文句が、いっぱいある。

だからこそ、ここで——勇気を出して、母さんと向き合わないとな。

「この舞台……貴方にも参加する権利はあると思うわよ？　結花さん」

「ぎくっ！」

来夢が何気ない調子で、俺たちの背後に声を掛けると。

分かりやすい反応とともに——結花がひょこっと、廊下の角から顔を覗かせた。

「結花？」

俺が名前を呼ぶと、結花は眉を八の字にしながら、てこてこと駆け寄ってきて。

「ごめんね遊くん……頑張って見守るぞー！　って思ってたんだけど。なんだか、ストーカーさんみたいな感じになっちゃってました……嫌わないでー、しゅーん」

「いや、別にストーカーとか思ってないよ⁉」


──だいじょーぶだよ。だって、私がずーっと……そばにいるんだからっ！


あの言葉どおり、俺のことをそばで見守ってくれてたんだよな。

ありがとな結花。結花がそばにいてくれるなら。

これからも、きっと大丈夫だって──心からそう思えるから。

「なぁ母さん。久しぶりにさ、俺たちの話を聞いてくれよ。もう何年も会ってなかっただろ？　その間に、色んなことがあったんだよ。本当に……色んなことがさ」

そして俺は、結花の手を握り。

二人で並んで……母さんの前へと、一歩踏み出した。

「母さん。俺──大切な人が、できたんだ」

第12話　君と巡り逢えて、俺の人生は変わったんだ

真伽ケイ……ではなく。

新戸京子でもなく。

俺と那由の母親――佐方京子に向かって。

俺は話しはじめた。

楽しいことしかなかった、今日までのことを。

――綿苗結花と出逢ったあの日から。


「最初のきっかけは、親父だったんだよ」

右隣にいる結花の手を握ったまま。

左隣の那由に目配せしてから……俺は母さんに笑い掛ける。

「親父の奴、俺と結花の結婚話を決めてきたって、ある日突然言い出したんだぜ？　勝手に決めて、ろくに説明もせず……信じらんないだろ？」

「……結婚話を決めてきた？　勝手に？　どういうこと？」

だよね。分かる分かる。

俺だって最初、「何言ってんだこいつ」ってなったもんな。

なんなら事情をすべて理解した今でも、ふざけた親父だって思ってるくらいだし。

「わけも分かんないまま、俺と結花はひとまず、顔合わせをすることになったんだけどさ。マジでびっくりしたよ。だって、親が勝手に決めてきた許嫁(いいなずけ)が……同じクラスの女子だったんだから」


——高二の始業式の日。

初めて見た綿苗結花の印象は、たとえるならば、空気のような存在だった。

眼鏡を掛けて、ポニーテールに髪を結って。

表情に乏しく、人と関わることもあまりなく、ひっそりと自分の席に座ってる。

クラスの隅にいる地味な女子——それが結花の第一印象だった。

——そんな地味な結花が、実は俺の許嫁だって分かってすぐに。

俺と結花は、お互い緊張しながらも、二人で喋(しゃべ)ってみたんだよな。

そしたら、趣味が近いなとか、意外と波長が合うなとか、そういうのが分かって。

気が付いたら、お互いに打ち解けてきて。

それで結花が……ニコッと、楽しそうに笑ったんだよ。

学校のときとは違う、無邪気で屈託のない——可愛いしかない笑顔で。

「……あ。しかも親父の奴、結花が俺の推しの声優をやってるってことも、最初から知ってたんだぜ？　知ってて隠してたんだから、とんだペテン師だよな」

「絶対ろくな死に方しないよね。市中引き回し五十周とか、それくらいの極刑に処されればいいのに。マジで」

俺のぼやきに続けて、援護射撃をしてくる那由。

それを聞いた母さんは……くすっと、少しだけ笑ったような気がした。

『ラブアイドルドリーム！　アリスステージ☆』で活躍する、俺の永遠の推し——アリスアイドル・ゆうなちゃん。

その中の人である和泉ゆうなが、実は結花だっていう事実を、俺は初対面の日に知ったんだけど。

結花もまた、和泉ゆうなの古参のファン『恋する死神』が……実は俺だっていう事実を、そのときに知った。

そんな衝撃の展開を迎えて、結花は——。

「ふつつか者ではありますが……『和泉ゆうな』こと綿苗結花は、今日からお嫁さん頑張ります。なのでどうか、よろしくお願いしますっ‼」

——やたらハイテンションになった。

親同士の決めた結婚なんてね……とか言いあってたはずなのに、高速で手のひらを返しちゃって。

結花ってば、『恋する死神』への過大評価がすぎるんだよな。まったく。

「こんな感じで、紆余曲折あったけど。俺と結花は、二人で暮らすようになったんだ」

「そ。父さんの仕事の都合で、あたしと父さんはもともと海外暮らしだったから。で、多感な時期の男女が、婚約早々、二人だけの密室でギシギシ暮らすに至ったわけ」

俺は無言で、那由の頭にゴンッと拳を落とした。

那由は「ぐぉぉぉ……」とか呻きながら、その場にしゃがみ込む。

ったく、すぐ調子に乗るなお前は……今、結構シリアスな場面なんだからな？

「那由の戯れ言は置いといて……高二の男女が、婚約した上に同棲中とか、さすがに学校では公言できないだろ？　声優活動も同じで、炎上のリスクが高いって思ったから。俺たちの関係は言わないまま――」

「――そういうことだったのね。和泉さんの『弟』さん、和泉さんと『恋する死神』さんの馴れ初め。ようやく、『カマガミ』の件の背景が理解できたわ」

母さんは穏やかな声でそう言うと。

結花に向かって――恭しく頭を下げた。

「和泉さん、ごめんなさい。今回のスキャンダルの件……もとを正せば、佐方家が多大な迷惑を掛けていたのね」

「い、いえいえ、そんな!!　頭を上げてください！　真伽さんに謝られるようなことなんて、何も――」

「いいえ。理由ならあるわ。だって私は――かつて、佐方家の人間だったんだから」

――かつて。

その言葉が、やけに鋭く胸に刺さる。

けれど俺は、グッと堪えて――結花との想い出を語り続けた。

和泉ゆうな初出演のイベント。運悪く重なったボランティア。

校外学習で見た夜空。夏祭り。二人で眺めた線香花火。

夏休み。コミケ。結花が過去を振り切った、最高の文化祭。

努力が実り、『ゆらゆら★革命』が結成されて。インストアライブの沖縄公演は、修学旅行と重なって大変だったっけ。

冬には、北海道にも行った。忘れられない、ホワイトアフタークリスマスもあった。

新年を迎えてから、初めてお義父さんとお義母さんにお会いした。そして、自分なりの精一杯で……未来の『夫』としての覚悟を伝えた。

それから、バレンタインデー。

第二回『八人のアリス』人気投票。

今回の『カマガミ』の騒動。


――――色々あった。

本当に色々ありすぎて。想い出が溢れすぎて。

そして、どんなときも……結花がそばで笑っていてくれて。

好きだ。

結花が好きだ。

愛しくて、愛しくて――仕方ないんだ。

「うにゃぅぅ……ば、ばかぁ……さすがに恥ずかしすぎるじゃんよぉ、遊くんってばぁぁ……好き。私も、大好き。遊くん愛してる……遊くん、遊くん……」

俺の手をギューッと握り返しながら、結花が俯きがちに呟く。

その姿が愛おしすぎて――俺は反対の手で、その頭をそっと撫でた。

「こんな感じで……割と幸せな毎日ではあるよ。だけどさ、母さん。俺の心の中には、どうやら――『寂しい子ども』の俺ってのが、いるらしいんだ」

「……『寂しい子ども』？」

分かんないよな。俺も結花に聞くまでは、考えたこともなかった。

だけど――それが今、一番伝えたいことなんだ。

「正直……母さんのことなんて、忘れたつもりだった。けど、結花に言われて、やっと気付いたんだよ。俺はただ、平気なふりをしてただけで……ずっと寂しかったんだって。なんでいなくなるんだよって、ムカついてたんだって！　帰ってきてほしいって……願ってたんだって‼」

――遊くんはねぇ……いっつも頑張り屋さん。

――私の前では、泣いていいんだよ？　甘えたって、いいんだよ？

――だって……どんなあなたも、愛おしいんだもの。


結花の声が、頭の中でリフレインする。

同時に俺の頬を、涙が一筋つたっていく。

親父と母さんが離婚したあと、ずっと無意識に抑えつけていた感情。

心の奥底に沈めて、氷漬けにしてしまった想い。

そんな凍った心を――太陽のような結花の温もりが、溶かしてくれたから。

だからもう、寂しくないふりは……やめたんだ。


「あたしだって、同じ気持ちだし‼」

俺に触発されたように、那由が叫んだ。

ギュッと噛み締めた唇。

その口元を、涙の雨が濡らしていく。

「母さんには、マジでムカついてっけど！　とりま、父さんと兄さんとあたしで、母さんにマジふざけんなって話をして！　母さんの全額奢り(おご)で、回らない寿司(すし)でも食べて‼　そしたら……終わりでいいから。だから、帰ってきなよ。帰って、きてよ……」

最後の方は、泣きじゃくる声と混じって、うまく聞き取ることができなかった。

そんな那由の名前を呼んで。

「なーゆちゃんっ」

結花は俺の手を離すと、那由のことを正面から――ギュッと抱き締めた。

「頑張ったねぇ、那由ちゃん……ちゃんと自分の気持ち、伝えられたね。偉いね？」

優しくて、穏やかな。

天使にも似た結花の笑顔。

そんな結花のことを見ていたら。

なんだか俺まで抱き締められてるような――不思議な気持ちになる。

「……言いたいことは分かったわ。けれど……ひとまず今日のところは、これくらいにしましょう」

――だけど。

母さんは極めて事務的な口調で、そう言い放った。

「事務所の中で、個人情報を話すべきじゃないわ。『カマガミ』の件があったばかりだもの。万一また不測の事態が起これば、今度こそ和泉さんの進退が危ぶまれる。リスク管理は、慎重に慎重を重ねるべきよ」

そんな言葉ひとつで、話を区切って。

俺たちから目を逸らそうとする母さんに。

俺は一瞬、怯みそうになって………。

「────逃げるな、真伽ケイ‼」

そのときだった。

後ろで傍観していたはずの来夢が、母さんを一喝したのは。

そして来夢は、強い語調で続ける。

「夢や信念を言い訳にして、弱い自分を隠すな‼　貴方は真伽ケイ。見る者すべてに感動や幸せを届けてきた、すばらしい人よ。だけど！　今は真伽ケイとしてじゃなく……向き合うべきことが、あるでしょう⁉　分かっているはずよ──佐方京子‼」

「……まったく、紫ノ宮の言うとおりだな」

来夢が言い終わるのを待っていたように。

その後ろから、ゆらりと現れたのは——六条社長だった。

「鉢川と掘田と協力して、人払いは済ませたよ。エントランスはしばし、先ほどの配信の後処理に使うので、裏口を利用してくれ——そのように伝達してある。まぁ、もとより今日は日曜日。片手で足る程度しか、事務所に人はいなかったがな」

当たり前のような調子でそう言うと、六条社長はじっと母さんを見つめる。

「プライバシーのことなら大丈夫だ。安心して続けてくれ、京子」

「麗香……どういうつもり？」

「……そうだな。敢えて表現するなら、贖罪だな。わたしの夢に巻き込んで、君や君の家族を傷つけてしまった……そんな過去の罪滅ぼしだ」

六条社長が話している間に、廊下の向こうから勇海が出てくる。

続いて、二原さんとマサが。さらには鉢川さんと掘田さんも、姿を見せて。

気付けば『60Pプロダクション』のエントランスには——さっきまで会議室に控えていた全員が、集結していた。

「……あなたらしくないわね、麗香」

「そうだな。本当に、わたしらしくない。だが、いずれにしても……わたしにできることは、ここまでだ。この先は、君たち家族で――ケリをつける問題だからね」

「ですね。ということで、お義母さん？　家族揃(そろ)っての話し合い、第二ラウンド！　……と、いきましょうか？」

母さんと六条社長の間に漂う、重たい空気を吹き飛ばすように。

ご機嫌なテンションで切り出したのは……勇海だった。

それから勇海は、俺たちの方を見てキザっぽく笑うと。

ゆっくりと――自身のスマホを、こちらに向けた。

「…………え？」

勇海のスマホ画面を目にして。

俺も那由も母さんも、同時に驚きの声を上げた。

いや、だって。無理もないだろ？

勇海のスマホ画面に映っていたのが――。

――うちの親父(おやじ)だったんだから。

◆

「あ……なた？　どうして……」

『あはは、なんでかなぁ？　いや、勇海さんから急に連絡をもらってね。半ば強引に、ZUUMアプリを繋ぐよう言われて……いや、まぁ。それはいいんだ。それよりも……本当に久しぶりだね、京子？』

勇海のスマホを通じて、母さんと親父が——実に数年ぶりの邂逅を遂げた。

思い掛けない親父の登場に、俺も那由も言葉が出ない。

そんな俺たちに向かって、勇海が得意げに言ってくる。

「いつもの仕返しだよ、那由ちゃん？　お義父さんをサプライズで呼んで、びっくりさせようって作戦。どう？　少しは驚いたかな？」

「ふざけんなし、バカ勇海……ありがと」

涙でぐしゃぐしゃな顔のまま、那由は小さく呟いた。

すると今度は——二原さんとマサが。

エントランス中に響き渡るほどの声量で、エールを送ってくる。

「ねーえ、佐方ぁ！　クライマックスバトル、最後まで負けずに挑みなよぉ！　結ちゃんが後ろで支えてっから……絶対に大丈夫だかんねぇ‼」

「そうだぞ遊一ぃ！　止まるんじゃねぇぞぉ‼　ひよったら、承知しねぇからなぁ‼」

まるでヤジだな、ったく。

二人にとっては、俺たち家族の話なんて、関係ないことのはずなのに……。

……………ありがとな、二人とも。

熱くなった目元を、ぐいっと拭うと。

俺はそのまま、エントランスを見回した。


俺と那由。

ZUM画面に映った親父と、動揺した顔の母さん。

そんな俺たち家族の周りには——本当にたくさんの笑顔が溢れていた。

拳を振り上げ、明るい笑みを浮かべ、全力で応援してくれてる二原さんとマサ。

母さんのことを優しく見守っている、六条社長。

その隣にいる鉢川さんは、泣き笑いのような顔をしていて。そんな鉢川さんの肩に手を掛けて、ニカッと笑ってるのは掘田さんだ。

来夢は腕組みをしたまま、月光のように、穏やかに微笑んでいて。

可愛い義妹の勇海は、スマホを俺たちに向けたまま、満面の笑みを浮かべてる。


――そして、俺のそばには。

いつだって、みんなに笑顔の花を咲かせてきた。
最愛の許嫁――綿苗結花がいるんだ。

「――母さん。ついでに親父も。聞いてくれないか？」

ＺＵＭ画面を見つめたまま、佇んでいる母さんに向かって。

俺は、息子が母親に切り出すのが小っ恥ずかしいランキング、ぶっちぎり一位だろう話題を……口にした。

「俺は、ここにいる結花と。さすがに、すぐじゃないけど――絶対に結婚する。結婚して、人生の最後まで、添い遂げたいと思ってる」

結花が「にゃっ⁉」と小さな悲鳴を上げて、一瞬で顔を真っ赤にした。

そんな結花に、思わず笑っちゃうけど。

俺はかまわず続ける。

「結花って、不思議な女の子なんだよ。どっちかっていうと怖がりだし、人と喋るときはめちゃくちゃ緊張しちゃうタイプだし。心配になるところが山ほどあるのに……気付いたときには、自分の足で前に踏み出してるんだよ。そして、そのときはいつだって——周りのみんなを、笑顔にしちゃってる。そんな……素敵な人なんだ」

俺はいつだって……結花からたくさんの大切なものを、もらっている。
愛とか。勇気とか。幸せとか。
温かさとか。笑顔とか。泣きそうなくらいの、優しさとか。
——ありがとう、結花。
これからも俺は、結花のことを支えていくって誓うから。
結花も、どうか……俺の手を繋いでいてほしい。
結花がそばにいるなら。
なにがあっても大丈夫って——胸を張って、言えるから。
だから今日で……『寂しい子ども』の自分とは、さよならしよう。

「母さん。俺と結花の結婚を……母さんにも、認めてほしいんだ」

まっすぐに母さんを見据えて、俺はそう告げた。

母さんの瞳が、ゆらりと揺らぐ。

「……認めるって。そんなの、わたしが口出しできる立場じゃな――」

「――少し未来で。俺と結花は、結婚式を挙げる。その晴れ舞台には、母さんにも参列してほしいんだ。俺のたったひとりの――母親として」

母さんが、息を呑んだのが分かった。

「真伽ケイじゃない、新戸京子でもない――佐方京子として。新郎の母親として、結婚式に参列してほしいんだ。だから、ちゃんと筋は通しておきたい」

「遊一……何を、言って……」

言い淀む母さんを遮って。

俺は深く深く頭を下げて、言ったんだ。

「母さん！　どうか――俺と結花の結婚を、認めてください‼」

――永遠にも感じられるような、数秒のときが流れて。

震えたような声で、母さんは答えた。

「…………ごめんね、遊一。だけど、わたしには……それに答える権利なんて、ないの…………」

俺はゆっくりと顔を上げる。

「わたしは、遠い『夢』を追い掛けるあまり……一番大切なあなたたちを、悲しませてしまった。兼浩さんを、那由を、遊一を――たくさんたくさん、傷つけたのよ……」

母さんは――泣いていた。

『カマガミ』の件で、毅然とした態度を貫いた真伽ケイとは、まるで別人のように……感情を露わにして、慟哭していた。

「……こんな愚かなわたしに、遊一の結婚式を祝う権利なんてないわ。『佐方』の苗字を捨て、家族と離れて、あなたたちを泣かせてきた――こんなわたしには。今さら、今さら……母親を名乗る資格なんて、あるわけない……」

「――母親に資格なんて！　そんなもの、ありませんっ‼」

そのときだった。

母さんの悲痛な叫びを、結花が断じたのは。

「資格とか権利とか……そんなもの、ないですっ！　母親検定とか、母親試験とか、聞いたことないじゃないですか。誰がなんと言おうと、真伽さんは――京子さんは！　遊一さんを産んだ、お母さんです‼　世界にひとりしかいない、お母さんですっ‼」

「和泉さ……結花、さん」

勢いよく捲し立てる結花に。

母さんは寂しげに微笑む。

「……ありがとう、結花さん。でもね……わたしが家族を苦しめたという事実は、永遠に消えないの。家族にとって、わたしはもういない方が――」

「もぉぉぉぉ！　ぜんっぜん、分かってないじゃんよぉぉ‼」

母さんの言葉を遮るようにして、荒ぶったかと思うと。

結花はツカツカと、早足で母さんに近づいていく。

「……分かりました。確かに京子さんは……私の大好きな遊一さんと、可愛い義理の妹の那由ちゃんに、とっても寂しい思いをさせました！　すーっごく、寂しそうでした‼　それについては、ちょっとだけ私も……怒ってますっ」

たいして怖くもない声音で、それだけ言うと。

結花は母さんの目の前で、勢いよく右手を振りかぶった。
そして――。

――ぺちっ。


「……え？」

頬に優しく触れた、結花の平手に。

母さんは戸惑いの声を上げた。

「はい！　これでおしまいですっ‼」

そんな母さんに向かって――結花はいつもどおり、満開の花みたいな笑顔を向けた。

「もう……いいじゃないですか。京子さんが独りで、苦しまなくったたって。いっぱい寂しい思いをさせたんだから、これからたくさん、かまえばいいと思います。傷つけちゃった分だけ、これからいっぱい、楽しい想い出を作ればいいと思います。やり直せますよ。だって――家族なんですから」

「……結花の言うとおりだよ、母さん」

そんな優しい結花に続くように。

俺は——結花の受け売りの言葉を、口にした。

「家族の前では……笑っても泣いても、甘えてもわがまま言っても、大丈夫なんだってさ。だから、わがまま言わせてもらうぜ……帰ってきなよ、母さん」

「あたしも賛成。いいからさっさと、帰ってこいっての。悲しませたくないってんなら、それが一番の解決法だし。それでいいっしょ、父さん？」

『……うん、もちろんだよ』

俺と那由がそう言うと。

親父（おやじ）はスマホ画面の向こうで、はにかむように笑った。

『京子、僕も君に——帰ってきてほしいよ。遊一と那由の成長を、一緒に見守っていくパートナーは……君しかいないから。今度こそ、お互いに支えあえる——家族になろうよ』

「遊一……那由……兼浩さん…………」

母さんは肩を震わせながら、その場で泣き崩れた。

そして、何度もしゃくり上げながら——。

「……今までごめんなさい……それから…………こんなわたしを、家族だと言ってくれて……ありがとう…………」

俺が中二に上がる少し前。

母さんは俺たちの前からいなくなって。それからずっと、離れ離れだった。

だけど。そんな母さんと、俺たち家族を。

――再び結びつけた、花のような少女がいた。

「えっと……京子さんだなんて、いきなり失礼な物言いをして、すみませんでしたっ！

そのことは反省していますので、どうかお許しいただければと……っ‼　それでですね
……私からお義母さんに、お話ししたいことがあるんです」

そんな、変な弁解をしてから。

笑顔を結ぶ、花の少女――結花は。

深々と頭を下げて、言ったんだ。

「お願いします、お義母さん！　遊一さんを――私にくださいっ‼」

――それは奇しくも、俺が結花のお父さんに宣言した文言にそっくりな、結婚の挨拶だった。

唐突すぎて、俺は言葉も出ない。

母さんもきっと、同じ気持ちなんだろうな。ぽかんとした顔してる。

けど……母さんの口角は、段々と上がっていって。

最後には「あははっ！」って——声を上げて笑ったんだ。

「……ねぇ、麗香。あなたに依頼されて、わたしが名付けた、この『60Pプロダクション』の名前の由来。覚えてる？」

母さんが優しい声で問い掛ける。

それに答える六条社長も——どこか幸せそうに、微笑んでいた。

「当然だ。10の60乗に当たる、『那由他』を冠した『60』。そして、『遊ぶ』『楽しむ』『演じる』といった意味を内包する——『Play』の頭文字、『P』。最愛の我が子に名付けるように、君が考えてくれた……大切な名前なのだから」

六条社長の返答に頷いてから。

母さんは結花の肩に手をのせて、頭を上げるよう促した。

そして母さんは、顔を上げた結花に向かって。

穏やかな笑みを浮かべて——言ったんだ。

「那由他ほどある時間の中で、ともに遊び、ともに楽しもう――それが『60Pプロダクション』の名前に込めた願い。役者たちが、毎日を笑顔で過ごして。そしてファンの人たちに、笑顔のバトンをつないでいく……そんな夢が叶う場所になりますようにって、わたしはずっと願ってきたわ」

「……………はいっ」

「そんな、わたしの――『真伽ケイ』の夢が叶う瞬間を、あなたは見せてくれた。ありがとう、和泉さん。素敵な笑顔の魔法を届けてくれて。そしてあなたは、その魔法で――『京子』にも幸せを運んできてくれたわね」

結花の、笑顔を結ぶ魔法にかかって。

真伽ケイは。新戸京子は。佐方京子は――結花の手を握った。

いつか見た、あの頃の笑顔で。

――大好きだった、優しい母さんの笑顔で。

「ありがとう、結花さん。こちらこそ、どうか……遊一を、よろしくお願いします」

エピローグ
【超絶朗報】俺の嫁になった結花、いつまでも可愛いしかない。

#1 あれから……

「うおおおおおおおおおお！　らんむ様ああああああああ‼」

隣にいるマサが唐突に絶叫したせいで、俺の耳はキーンッてなった。

いくらライブ中とはいえ、限度があるだろ……あとで普通に訴えるからな、お前。

「ねぇねぇ、佐方ぁ！　らんむちゃん、やばい可愛くない⁉」

そんなマサに当てられたのか、今度は反対サイドの二原さんが、俺の肩に抱きついてガクガク揺さぶってきた。

むにゅむにゅっと、ニットのセーター越しに伝わってくる、魔性の感触。

二原さん……高校生の時点で凄かったけど、そこからさらに成長しすぎでは？

…………って、違う違う！

「くっつくのはNGだって、二原さん。結婚式も近いわけだし、結花の誤解を招くような行動は慎みたいんだって」

二原さんを引き剝がしつつ、そんなことを耳打ちしてると。

東京ドームのステージに立っている——紫ノ宮らんむは。

紫色の豪奢な衣装を翻して、高らかに宣言した。

「みんな！　まだまだ私は、高みを目指すから。これからも……覚悟を決めて、ついてきてちょうだい‼」


「……あ。遊くんっ！　ゆ、う、く、んーっ‼」

ライブ終了後。二原さんとマサと一緒に、待ち合わせの個室居酒屋に到着すると。

個室の中で待ってた結花が、間髪いれずに——抱きついてきた。

結花お気に入りのイヤーマフが、俺の頬にもふっと触れる。

「遊くんと離れ離れになって、寂しかった……でも、またこうして逢えたっ！　私と遊くんって、やっぱり赤い糸で結ばれてるんだね‼」

「なに言ってんの⁉　ライブの間、一般席と関係者席で分かれてただけでしょ！　普通に家から一緒に来たし‼」

「……てへっ☆」

てへっ、じゃないよ。高校生の頃からやること変わんないね、結花？

「はあああああ……大学生バカップルのいちゃいちゃ……いいですねぇぇぇ……」

「ひぃっ⁉」

結花の後ろから、怨念の籠もったような声を出したのは――鉢川さん。日本酒入り。

「くるみん、ひがまない、ひがまない。ゆうなちゃんと『弟』くんのバカップルっぷりは、今にはじまったことじゃないでしょーが」

そんな鉢川さんと楽しげに酒盛りしている、掘田さん。

掘田さん……何年経ってもベビーフェイスなもんだから、飲酒してると違法にしか見えないな。言うと怒られそうだから、絶対言わないけど。

「ちょっとぉ。久留実さんも掘田さんも、バカップルって言わないでくださいよぉ」

「どう見てもバカップルでしょーが。世界に誇れるレベルの」

「ちーがーいーまーすー。カップルじゃなくって……夫婦ですもんっ！　もう籍だって入れましたし‼　結婚式間近ですし‼　……ふへへっ。夫婦なんです、夫婦ー。ふへー」

「ツッコむとこが違うね結花⁉　勝手にふへふへしないの！」

「あははは！　やっぱ結ちゃんと佐方は、いつまでも変わんないねぇ。ね、倉井？」

「ったく、いつまでも見せつけやがってよ……あ、店員さん。ナマひとつで！」

そんな感じの、昔と変わらないテンションで。

紫ノ宮らんむ、初の東京ドーム単独ライブの打ち上げは――遅くまで続いた。

◆

親父のどうかしてる計画で、俺と結花が初めて出逢ったのが、高二の春。

それから、かれこれ……四年近く経つんだな。

――高校卒業後、俺と結花は同じ大学に進学した。

その頃に親父の海外赴任が終わり、親父と那由（なゆ）が実家に帰ってくることになったので
……俺たち二人は、実家から二駅ほど離れたアパートに引っ越した。

そして気付けば、俺も結花も二十歳になって。

この三月が終わると――なんと、大学三年生。

時の流れってのは、びっくりするくらい早いもんだな。本当に。


「たっだいまー！」

単独ライブの打ち上げが終わって、俺と結花はアパートに帰ってきた。

プチ酔っ払いな結花は、そのまま布団（ふとん）にダイブすると、ふにゃっとした顔になる。

「ふへへぇ……やっぱり我が家は、落ち着くなぁ〜」

結花の枕元には、ピンク色のイルカが据えられたスノードーム。

高二の修学旅行のとき、俺が沖縄で買ったそれを、結花は今でも大切に飾っている。

ちなみに、俺の枕元には――。

アリスアイドル・ゆうなちゃんの、手乗りぬいぐるみが置いてあったりする。

何年経っても、ゆうなちゃんの可愛さときたら、色褪せることを知らない。

本当に……俺にとって永遠のアイドルだよ。ゆうなちゃんは。

「ぎゅうー。アンド、はむっ」

「ひっ⁉」

手乗りゆうなちゃんを眺めていたら、急に後ろから結花に抱き締められて……首筋のあたりを、甘噛みされた。

俺は身悶えしながら、結花の太ももをパシパシする。

「もぉ……首筋はやめてって、いつも言ってんのに」

「ふへへ～。遊くんの弱点をいじめて、ごめんなさい～。でもぉ……ビクッてする遊くんが、可愛すぎるんだもんっ」

「仕返しするよ？」

「……シャワー浴びた後なら、いーけど？」

そう言われると、なんも言い返せねぇ。ずるいだろ、結花。

「それは、後で考えるとしてぇ……ゆうなはね？　私や遊くんや、愛してくれたみんなの心に——これからもずっと、いるんだよ。ずーっとね」

俺の背中に寄っ掛かったまま、結花は俺の耳元で、優しく囁いた。

その声は——紛れもない、ゆうなちゃんの声。

だからこそ俺は、本心から笑って言えたんだ。

「ああ。ゆうなちゃんは、いつまでも俺の心の中にいる。だから、これからも……一緒に笑って、生きていくんだ」

——昨年の十二月。

五周年の節目の日に、『ラブアイドルドリーム！　アリスステージ☆』は、サービス終了となった。

その時期は正直、俺もマサも、喪失感で死ぬんじゃないかって感じだった。

俺の人生の一部といっても過言じゃない『アリステ』に、もう二度とログインできないなんて、考えるだけで苦しかった。

だけど……結花が言うように。

ゆうなちゃんは、いつまでも心の中にいるんだって分かったから。

今はもう、落ち込んではいない。

形あるものはすべて、いつか終わりを迎えるけど。

――楽しかった想い出は、永遠に消えないから。


「それにしても、今日のらんむ先輩ってば、すごかったよね！　東京ドーム単独ライブで、あの堂々としたパフォーマンスだよ⁉　さすがは歌姫、紫ノ宮らんむっ！」

むにゅむにゅと俺に頬ずりしながら、結花は嬉しそうに言う。

「あ。そういえば掘田さん、今度バラエティ番組に出るらしいよ。あの有名な『奢る！カワカマス御殿‼』だって。多才だよねぇ、掘田さんって‼」

「掘田さんのそれは、結花たちのせいで磨かれた芸だと思うけど……」


――――『アリステ』が終了しても、それぞれの声優活動は続いていく。

それは当然、かつて『ゆらゆら★革命　ｗｉｔｈ　油』だった三人も。

――紫ノ宮らんむは。

三年前あたりからＴＶアニメで、主役級のキャラを多く演じるようになった。

そんな中、彼女が歌ったアニメ主題歌が、ＳＮＳで大バズり。それ以来、紫ノ宮らんむはソロアーティストとしても、活動するようになった。

演技の才能があって、歌姫と称されるほどの歌唱力も持つ。

まさに天才声優として、名声を得るようになった紫ノ宮らんむは――ついに今日、東京ドームでソロライブをするまでに至ったんだ。

――掘田でるは。

アニメやゲームで名前を見掛ける機会も増えたけど、それ以上にネットラジオでの活躍がめざましかった。

そしてますます、トークの腕に磨きが掛かった結果……最近はなんか、お笑い芸人の番組にもゲストで呼ばれ出してる。

何割かは結花たちのせいだけど、幸か不幸か……マルチタレントになりつつある、掘田でるだった。

――そして、和泉ゆうなは。

正直に言うと……他の二人ほど、大きな活躍と呼べるものはない。

ＴＶアニメにはちょこちょこ出ているけど。主役やメインヒロインじゃなく、ヒロインの友達ポジションに留まってたり。

数話限りのゲストキャラとして呼ばれがちだったり。

大役を務めるような機会には、恵まれてないと言わざるをえない。

……とはいえ、別に『カマガミ』の件で干されたとか、そういうことではなく。

アニメにも、ネットラジオにも、他の仕事にも、コンスタントに呼ばれてはいる。

まぁ、そんな感じで……活躍は地味なものだけど。

変わらず声優を続けているのが、和泉ゆうなで。

ファンはみんな、和泉ゆうなが活動するたびに、こう言うんだ。

――ゆうなちゃんに元気をもらえたから、今日も笑顔で頑張るよ……って。

◆

それから俺と結花は、交代で風呂(ふろ)を済ませると、並んで布団に入った。

打ち上げがやたらと盛り上がっちゃったから、いつの間にかもう、日付が変わっちゃってるし。

「ねぇ、遊くん。もうちょっとだね、結婚式まで」

寝転んだまま横を向くと、結花は布団にもぐったまま、じっとこちらを見ていた。

「四月六日。四年前に、私と遊くんが初めて逢って婚約した、記念の日。これ以上の結婚記念日なんてないよね……えへへっ」

とろけちゃいそうなほど、嬉しそうな顔をしてる結花。

結花は記念日とか、すごく大事にするタイプだもんな。

随分前だけど、婚約三か月の記念日を祝ったこともあったっけ。

ちなみに入籍をした記念日は、二月十四日。

バレンタインデーで、結花の誕生日で、入籍の記念日――盛りだくさんな日になったけど。そういうのも俺たちらしいかなって、思ったりする。

「遊くんには、私のウェディングドレス姿に、見とれてもらうからね？　他の女の子に目移りなんてしたら……とってもご機嫌斜めに、なるからねっ！」

「するわけないって。結婚式で新婦以外に目移りするとか、ヤバめの悪魔に取り憑かれてるでしょ、そいつ」

「巨乳の悪魔かな？」

「まーた、そういう……とにかく俺は、結花にしか興味ないから。安心しなって」

「ふへへっ。私だって、遊くんにしか……興味ないもんねーだっ！　ばーかぁ」

甘えた声でそう言うと、結花はえいっと、俺の胸の中に飛び込んできた。

布団の中でギューッと抱きついて、脚を絡めてくる結花。

「よしよし。それじゃあ寝るよ、結花。もう一時近いし」

「…………やだ」

そう呟くと、結花は俺の胸元にくっついたまま、ゆっくり顔を上げた。

そして……紅潮した顔で。上目遣いにこちらを見て。

――ねだるように囁いた。

「まだ、寝ないもん……ばか」

◆

「あ。遊にいさん、こんにちは。本日はお日柄も良く、絶好の結婚式日和ですね？」

「えっと……勇海。なんで今日も、男装姿なの？」

俺と結花が結婚式会場に到着したときには、既にダブル妹がロビーで待機していた。やたら早いな、この二人。

で。

本日、新婦の妹として参列予定の、綿苗勇海（大学一年生）は――なんで黒いスーツに蝶ネクタイなんて、男装スタイルで来てるわけ？

「ね？ 馬鹿っしょ、こいつ。非常識すぎ。ドレスコード違反。日本の恥、マジで」

一方、新郎の妹の佐方那由（高校三年生）は、ノースリーブのワンピースドレス。

いつもどおり目つきは悪いし、ショートヘアではあるけど……なんだか小さい頃の那由を思い出させる、可愛い雰囲気だなって思う。

「ふふっ……そういう那由ちゃんは、とっても可愛いね？ まるで御伽話に出てくる、お姫様みたいだ。どうです？ 僕と一緒に――ワルツでも踊りませんか？」

「うっざ！ 可愛くねーし‼ 死霊と盆踊りでもやってろし！」

「そんなこと言っていいの？ 那由ちゃん、僕が誰だか分かってる？ ほら、僕は……家庭教師の先生だよ？ 君の大学受験の鍵を握るのは、この僕！ さぁ、その暴言を訂正して、僕のことを勇海先生と呼ぼうか‼」

「くっ……こいつ……っ‼ 兄さん！ 悪いけど今日は、結婚記念日じゃなくって――勇海の命日になるわ‼」

やめろやめろ。

せっかくの結婚式を、親族の血で汚すんじゃねぇよ。

「えいっ！」

「痛っ⁉　デコピン強すぎだよ、結花……あれ？　ひょっとして、結構……怒ってる？」

「うん。私はすーっごく、怒ってるよ！　だーかーら……反省して」

かつてなく低いトーンの結花ボイスに、勇海はビビったようで……ぺこぺこと、那由に頭を下げたのだった。


――高校進学と同時に、関東に引っ越してきた勇海。

この春から大学に進学したけど、今でも俺たちのところや、那由のところに遊びに来たりしている。

そして、実家暮らしの那由はというと……なんと、俺と結花の母校に通ってる。

ちなみに今年で高校三年。那由は、いよいよ大学受験が、目前に迫ってきた。

そんな受験対策として、那由は……お金をケチって、勇海に家庭教師を頼むという愚行を犯してしまった。

その結果が、この――教師の立場を使って、那由に逆襲する勇海って構図だ。

「……なにニヤニヤ見てんの？　実の妹のドレスで欲情すんなし」

「してねーよ馬鹿！　俺はただ、那由と勇海は仲良し姉妹になったなぁって、微笑ましく思ってただけだっての」

「はぁ!?　誰と誰が仲良し姉妹だし！　どっちかってーと、殺伐他人だし!!」

殺伐他人とは。

「ってか、なんなの兄さんは？　達観した感じで、勝手なこと言ってさ。枯れてんの？　それとも精気を搾り取られすぎたの？　けっ！」

「結婚式会場なんですけど!?　お前も高校生なんだから、発言は場を弁えて――」

「え……ご、ごめんね遊くん？　私が、おねだりしすぎなのかな？」

――シンッ。

二十歳になっても変わらない、天然結花の爆弾発言に。

俺たちはもはや、黙ることしかできなかった。

そして、いよいよ。

俺と結花の結婚式が、はじまる。

#2　君ありて幸福

式場スタッフの人たちに、慣れないタキシードを着付けられて。

新郎の格好になったところで、俺は……なんかめちゃくちゃ、落ち着かない気持ちになってきた。

なんだこれ。これまでの人生で、味わったことのないタイプの緊張感なんだけど。

結婚式、恐るべし。

「お。兄さん、着替え終わったんだ。へぇ。いいじゃん、イケてんよ」

「ふふっ……素敵ですよ、遊にいさん。僕に勝るとも劣らない、素敵な装いだ」

親族控え室に移動すると、即座にうちのシスターズが、口々に言ってきた。

そんな日常風景に、ちょっとだけ気持ちが和む。

すると、勇海たちの後ろから――結花のお父さんとお母さんが、姿を見せた。

「遊一くん。よく似合っているよ。まさに、一人前の男性の佇まいだ」

「遊一さん、結花のことをよろしくお願いしますね……普通の営みは構わないけど！　アブノーマルなものは身体を傷つける恐れが――もごっ⁉」

「……美空、いったん黙ろう。生々しすぎるから。な？」

お義父さんが、お義母さんの口を塞いで、ちょっとだけ冷や汗をかいてる。

なるほど……やっぱり、お義父さんがツッコミで、お義母さんがボケなんだな。

そんな益体もないことを考えていると。

「あっはっは。ばっちり決まってるね、遊一。まるで二十年前の僕を見てるようだよ。ねえ——母さん？」

「……ふふっ。そうかもね。でも、どちらかというと顔立ちは、わたし似よ？　遊一が格好いいのは——わたしの子だからでもあるわ」

そんな、親馬鹿というか、能天気がすぎる会話をしている二人が見えた。

佐方兼浩と佐方京子——俺の親父と、母さんだ。

「確かにそれは、一理あるね。京子は今でも、ぱっちりとした綺麗な目をしていて……誰よりも綺麗だもの」

「ちょっ……ばか。こんなところで、なに言ってるの。兼浩さんってば」

「…………えーっと、悪いんだけど。イチャつくんなら帰ってくんない？　本気で」

なんでこの人たち、息子の結婚式を控えてるってのに、二人の世界に入ってんの？　そうじゃなくても、親の見たくないシーン第一位だからね？　親がイチャつくとこ。

でも、まぁ――今日のところは、不問に付してやるよ。

親父と母さんで揃って、結婚式に参列してほしいって……そんな俺の願いを、叶えてくれたわけだしな。

三年ほど前。『カマガミ』の騒動が終わったあと。

真伽ケイこと、新戸京子は……佐方家と再び関わるようになった。

最初のうちは、親父と那由が帰国してきたタイミングで、四人で食事に行くとか。クリスマスを家族みんなで祝うとか。そんな交流からはじめて。

親父と那由が、日本に帰ってきてからは……母さんが実家に泊まるなんてことも、ちょっとずつ増えていった。

そして、段々と泊まる日数が増えていき。

いつの間にか、完全に同居する形に落ち着いて。

最終的に、一年ちょっと前に――親父と母さんは、めでたく再婚した。

だから今の母さんは、新戸京子じゃない。

新郎である俺と、同じ苗字の……佐方京子なんだ。

「――新婦様のご用意が終わりました。お通ししますね」

佐方家と綿苗家が騒々しいやり取りをしている間に、結花の着付けとメイクが終わったらしい。

俺は首元の蝶ネクタイを整えて、ごくりと唾を呑み込んでから――控え室の入り口へと向き直った。

そして、スタッフの女性に手を引かれながら。

控え室に入ってきたのは――。

――純白のウェディングドレスに身を包んだ、結花だった。

「…………あ……」

穢れのない白を纏った結花は、絵画に描かれた女神みたいで。

メイクによって、赤みを帯びている頰と唇は……結花の健康的な可愛らしさを強調していて。

綺麗で、可愛くて、胸の奥がキュッと苦しくって。

ただただ、結花のことが――愛おしくて仕方なくなった。

「どう……かな？　似合ってる？　ちなみに遊くんの、タキシード姿は……ふへへへぇぇ格好いいよぉぉぉぉ……」

「結花、顔！　新婦がやっちゃいけない顔になってるから‼　もぉ、結婚式なのに母さんも結花も……綿苗家の女性陣は、どうかしてるよ！」

「……結婚式に男装してきた奴(やつ)が、なんか言ってるし」

結花のあまりの美しさに、頭の中が一瞬、真っ白になったけど。

いつもどおりのふへふへ加減に安心したら……なんだか気持ちが、軽くなった。

そして。親族同士の挨拶を終えると。

俺と結花は、スタッフの人に促されて――チャペルの方へ向かった。

◆

「――それでは、新郎・遊一さんの入場です。皆さま、盛大な拍手でお迎えください」

司会の女性の言葉を合図に、目の前の扉がゆっくりと開く。

視界に飛び込んできたのは……いわゆるバージンロード。

俺は深呼吸をひとつして、その道を歩きはじめた。左右の参列席からは、無数の拍手の音が聞こえてくる。

そして、バージンロードの真ん中まで来たところで、立ち止まると——チャペルの入り口側へと向き直った。

「続きまして、新婦・結花さん。父・陸史郎(りくしろう)さんにエスコートされての入場です。皆さま、どうぞ盛大な拍手でお迎えください」

司会の人が言い終わるより早く、大きな拍手の渦が巻き起こった。

そんな中、ウェディングドレス姿の結花は、お義母さんにベールをおろしてもらうと。

お義父さんに手を引かれながら……バージンロードをゆっくりと、歩きはじめた。

いつもは厳格な印象のあるお義父さんは、今日はなんだか、優しく微笑んでいて。

そして、その目元には……大粒の涙が滲(にじ)んでいた。

結花とお義父さんが——俺の目の前で足を止める。

「……遊一くん。結花を、よろしく頼んだよ」

「……はい。お義父さん」

お義父さんに代わって、今度は俺が、結花の手を取った。

そのまま二人で、残りのバージンロードを歩いてから……祭壇の前まで辿り着く。

「――それではこれより、新郎・遊一さんと新婦・結花さんの、結婚式をはじめさせていただきます。この結婚式は、新郎新婦のご希望により、人前式のスタイル――」

ああ……なんだか現実感がないな。

四年前までは、『結婚は人生の墓場』だとか、本気で思ってた俺が……結婚式を挙げてるなんてさ。

まったく。

人生って本当に……何が起きるか、分かんないもんだな。

「それでは次に、新郎新婦お二人による、結婚の誓いの言葉です。遊一さん、結花さん、お願いいたします」

「はいっ‼」

純白のドレスを着た新婦が、やたら元気よく返事をした。

そして俺と結花は、二人で考えた誓いの言葉を――参列者に向かって告げる。

「私たちは、ご列席いただきました皆さまの見守る中、結婚の宣誓をいたします。これからの人生……健やかなるときも、病めるときも、あると思いますが。生涯愛しあい、夫婦として生きていくと誓います」

「そして――おじいちゃんになっても、おばあちゃんになっても。ずっとずっと、幸せな二人でいられるように。一緒に笑いあいながら、温かい家庭を作っていきます」

「新郎、遊一」

「新婦、結花」

誓いの言葉が終わると同時に、チャペル中に響き渡るほどの大喝采が起こった。

ちらっと隣を見たら、いつもより大人びて見える純白の結花と、目が合っちゃって。

それがなんだか、おかしくって――二人で笑ってしまった。

「それでは続いて、指輪の交換を行っていただきます。はじめに新郎・遊一さんから、新婦・結花さんへ、指輪をお贈りいただきましょう」

司会の人が言い終わると、俺と結花は祭壇の前で向かいあった。

祭壇に置かれたリングケースへと、手を伸ばすと――震える指先を根性でどうにかして、蓋を開けた。

台座に収まっているのは、見慣れた銀色の指輪。

そう、これは――結花の十七歳の誕生日にプレゼントした、婚約指輪だ。

「……本当にこれでよかったの？」

「うん。これじゃなきゃ、いやだった」

小声で尋ねる俺に、結花は迷いも見せずに答えた。


――結婚指輪なんだから、もっとちゃんとしたのを買うよ？

家でもそうやって、何度も言ったんだけど。

結花の回答は、いつだって同じだった。

――ちゃんとしたのとか、高いのとか、そういうのはいーの。

――遊くんが初めてくれた、この指輪が。私にとって世界一の……宝物なんだから。


結花の、細くて綺麗な左手を取って。

その薬指に、想い出の指輪を……はめた。

「ありがとうございます。それでは続いて、新婦・結花さんから、新郎・遊一さんへ、指輪をお贈りいただきましょう」

にへーっとした顔になってた結花は、ハッとなると。

祭壇に置かれたリングケースから、指輪を取り出した。

それは、結花のものと同じデザインの——銀のペアリング。

「遊くん。手、くださーい」

小声で可愛く、そう言って。

結花は俺の左手を取ると、薬指へと指輪を通した。

「続きまして。新郎新婦お二人には、永久の愛を誓うキスを、交わしていただきましょう。

それでは新郎・遊一さん、新婦・結花さんのベールをお上げください」

…………きた。

誓いのキス。マンガとかアニメでは、見たことあったけど。

いざ自分がやるってなると……緊張感ハンパないな。

「…………」

頰を紅潮させた結花は、少しだけ屈むと——ゆっくり下を向いた。

俺はごくりと生唾を吞み込むと。

グッと背筋に、力を入れた。

「……優しくしてね、遊くん？」

「……当たり前でしょ、結婚式なんだから。結花こそ深いキス、やんないんだよ？」

「……やんないよ、結婚式なんだから。ばか」

そして俺は、結花のベールを上げると。

その小さな肩を、そっと抱き寄せて。


――永遠を誓う、キスをしたんだ。

◆

結花と出逢ってから、丸四年になる記念日に。

俺たちは最高の結婚式を挙げることができた。

でも、結婚式が終わっても、一息吐くような暇さえなく。

俺たちはバタバタと――結婚披露宴へと進んでいった。


「…………はぁ」

「おい、遊一！　新郎のやっていい顔じゃねぇだろ、それ‼　気ぃ抜くなって！」

高砂席に座ったまま、ボーッとしていたら……いつの間にか目の前に立ってたスーツ姿のマサから、注意を受けた。

「そうは言うけどな、マサ……結婚式と披露宴って、驚くほど体力消耗するんだぞ？　歓談の時間に、ちょっとは休憩しておかないと、持たないって」

披露宴は、新郎新婦入場からはじまって――主賓の祝辞、乾杯の挨拶、ウェディングケーキ入刀と、順調に進んできた。

ちなみに祝辞は、新郎新婦まとめて、六条社長にお願いした。堂々とした態度で、めちゃくちゃ素敵な祝辞を述べる姿は、さすがは代表取締役だなって思ったよ。

乾杯の挨拶を頼んだのは、今をときめく人気声優――紫ノ宮らんむこと、野々花来夢。

ボイスドラマみたいな芝居からの、乾杯の音頭には、会場がやたらと沸いていた。

そして現在――結花はお色直しのために中座しており。

しばしのご歓談の時間、ってわけだ。

「さーかーたっ！　結婚おめでっとー‼　もー、めっちゃ嬉しいんですけどー‼」

「ちょっ……二原、押すなって！　相変わらず俺への対応がぞんざいだな⁉」

マサをぐいっと押しのけて、やってきたのは陽キャなギャル改め……パリピＪＤの二原桃乃（特撮サークル所属）。

……っていうか、なんなのそのドレス？　海外セレブも裸足(はだし)で逃げ出しそうなくらい、胸元開いちゃってない？

「ねぇ、佐方。結ちゃんのこと、ぜーったい幸せにしたげてよ？　じゃないと、許さないかんね？　オールランナー映画に客演したとき、仮面ランナーボイスが使った新規の必殺技――モスキートボイスシュート、喰(く)らわせちゃうよっ‼」

「物騒だな……そもそもモスキート音出せないでしょ、二原さんは」

「二原の言うとおりだぜ、遊一。男らしく……いや、かつて『アリステ』を愛した民らしく！　大切な人の手は永遠に、離すんじゃねぇぞ‼」

「いいこと言ってる風で、なに言ってんだお前は」

そんな感じで、俺と二原さんとマサが。

高砂席のところで、わちゃわちゃしていたら……。

「あははっ！　相変わらずだね、桃乃も雅春(まさはる)も。なんだか懐(なつ)かしいわ、この空気」

「わたしに言わせりゃ、『ゆら革』やってた頃のあんたとゆうなちゃんも、こんな感じの空気だったわよ。らんむ」

妖艶(ようえん)なドレスに身を包んだ野々花来夢、童顔すぎてドレスに着られてる感じになってる掘田(ほった)でるが――高砂席のところまでやってきた。

「掘田さん。今日は仕事ではないので、らんむじゃないです。ちゃんと——来夢って呼んでください？」

「はいはい、りょーかい。ただ、その理屈で言うなら、わたしも掘田じゃないからね？」

「……下掘多良でる美、でしたっけ？」

「誰が下掘多良でる美だ、わざとボケんな！　わたしにゃ関矢藍流っていう本名が、ちゃんとあんの‼　知ってるでしょーが、前に教えたんだから！」

「小粋なジョークですって」

ムキになって声を上げる掘田さん……もとい関矢さんと、おどけた感じで関矢さんを弄る来夢。ここに結花が加われば、完璧な『ゆら革』のノリが帰ってくるんだろうな。

だけど、しばらく見ない間に……来夢の奴。

やたら明るく笑うように、なったんだな。

「なんだ。ここだけまるで、事務所の中みたいだな。見知った顔ばかりで安心するよ。なあ、鉢川？」

「そうですね。親族席には真伽さんもいますし。桃乃ちゃんたちとも、なんだかんだ顔見知りですし。ホッとします」

言いながら鉢川さんは……くいっと、手にしたグラスの中身を飲み干した。

「あー……鉢川さん。そろそろ駄目だと思ったら、自分で外に出てくださいね？　披露宴中に酔って暴れ出したら、目も当てられないんで……」

「酔って暴れないわよ、大人なんだから!!　これは水！　アルコール度数ゼロパーセントの、れっきとした水だから!!　迷惑掛けないように、今日は断酒してるの!!」

「こないだの打ち上げもヤバかったっすもんね、久留実さん。ずーっと、でるちゃんさん……もとい藍流ちゃんさんに絡んで、挙げ句に藍流ちゃんさんの膝枕で寝落ちちゃって」

「誰が藍流ちゃんさんだ！　こちとら年上なんだから、もうちょっと敬え!!」

「そうよ、桃乃。尊敬を込めて、でる美先輩と呼べばいいわ」

「よーし、来夢！　久しぶりにキレちゃったからね！　屋上に来なさいよ!!」

こいつら、人の結婚式で何してんだ……って感じだけど。

この懐かしくて温かい繋がりがあったから、今の俺と結花が、あるんだもんな。

本当にありがとう、みんな。

そして俺は、ふっと……高砂席に飾られた、赤いゼラニウムの花を見た。

結花が一番好きな花だっていう赤いゼラニウムは、式場スタッフの皆さんの計らいで、この会場の花飾りに使われている。もちろん——ウェディングブーケにも。

………いつか結花が、こんなことを言ってたっけな。

昔の結花は、白いゼラニウム。
『私はあなたの愛を信じない』って、そう思いながら生きていた。
だけど――黄色いゼラニウム。
いくつもの『予期せぬ出逢い』が、結花を変えていって。
そして、ピンクのゼラニウム。
『決意』を胸に、結花は弱い自分を……越えることができたんだ。
哀(かな)しいことも、傷つくことも、たくさんある。
『私はあなたの愛を信じない』って、泣きたくなる夜もあるけれど。
誰かの笑顔と出逢って。一緒に前へと踏み出したら。
いつかその花は、赤く染まって――。
――『君ありて幸福』。
幸せの花に、なれるんだ。

☆一緒に笑お？☆

披露宴会場を中座して、メイクルームに移動したら。

着席した私のところに、式場のスタッフさんが、入れ替わり立ち替わりやってきて。

あっという間に――私がお願いしてたとおりに、お色直しをしてくれました。

小さい頃から憧れてた、純白のウェディングドレスから。

お花をあしらった、とっても可愛いピンクのカラードレスへ。

ゼラニウムは、『君ありて幸福』――赤いお花が、一番好きなんだけどね？

お色直しは、どんなドレスにしよっかなーって考えたとき。

やっぱりそれは……ピンクだったんだ。

私、和泉ゆうなにとって、かけがえのない存在。

アリスアイドル――ゆうな。

そのイメージカラーのピンクよりも、この晴れの日にふさわしい色なんて……あるわけないんだから。

「……ゆうな、ありがとう。あなたに出逢えたから、私はガラスの部屋を飛び出して、和泉ゆうなになれたよ。『恋する死神』さんに、遊くんに、たくさんのみんなに――出逢うことができたよ。大好きだよ、ゆうな？　ずっと、ずっと…………」

独りでそんなことを言ってたら、なんか泣きそうになってきちゃった。

いけない、いけない。せっかくのメイクが、台無しになっちゃう。

私はグッと涙を堪えながら、ゆっくりと席を立ちました。

そして振り返ると、テーブルの上に置かれている――電報と、フェルトで作った桜の花のリース。

『結花ちゃんのこれからの人生が、ずっと変わらず、幸せであることを願ってます』

……咲良ちゃん。

専門学校を卒業して、働きはじめたばっかりの咲良ちゃんは、残念ながら仕事で参列してもらえなかったけど。

咲良ちゃんの気持ちは、ちゃんと受け取ったよ。ありがとう。

遠く離れてても、咲良ちゃんの幸せを――願い続けてるからね？

「……って、また泣きそうになってるじゃんよ！　もぉ、私ってばぁ……」

「――それでは新婦様。入場の時間になりますので、ご移動の方をお願いいたします」

「ふぁっ⁉　は、はいっ‼」

スタッフさんに声を掛けられたところで、気を取り直して。

――――ニコッと。

思いっきり笑って……涙なんて全部、吹っ飛ばしてやりました。

遊くんの笑顔が、遊くんとの楽しいしかない毎日が――。

――辛かった過去や、弱虫だった私の心を、吹き飛ばしてくれたように。

「さーて、遊くん……今から行くから、待っててね？」

声優としては、地味な活躍しかできてないけど。

仲の良い友達以外には、相変わらずコミュニケーション下手っぴなところもあるけど。

そういうのも全部、引っくるめて――私は綿苗結花だから。

こんな私だけど、これからもどうぞよろしくね？

大好きな、遊くん。

#3　ありったけの笑顔を結んで

「……ん？」

BGMが流れ出して、披露宴会場への扉が開いたところで……俺は首を傾げた。

なんかリハーサルのときと、段取りが違わない？

結花が「遊くん似合う！　格好いい、最高っ‼」なんてはしゃいだから、リクエストに応えて選んだ、白のタキシード。

確かお色直しが終わったら、先にお色直しに行っていた結花と合流して。二人で一緒に再入場……だったと思うんだけど。

なんかすっきりしないけど、取りあえず場の流れに従うしかないか。

ということで、俺は会場に入って、高砂席の方へ向かって――。

そのときだった。

BGMが止まって、照明が一斉に消えたのは。

え……何これ？　事故？　それとも事件？

そんなことを考えていたら、司会の女性が大きな声で言った。

「皆さま、驚かせてしまい申し訳ございません。これは、新婦・結花さんによる……新郎・遊一さんも知らないサプライズ演出になります！　それでは改めまして——装い新たな新婦・結花さんのご入場です‼　皆さま、大きな拍手でお迎えください‼」

………はい？　サプライズ演出？

どういうことなんだよ、結花？

半ばパニックみたいになっている俺をよそに。

会場の入り口のところが——スポットライトによって照らし出される。

その光を追って、俺は入り口の方へ身体を向け直した。

すると、会場の扉が開かれて——。

「——佐方くん。何を呆けているの？　私と結婚するって、誓ったんでしょう？」

そこに立っていたのは、お色直しを終えた結花だった。

ゆうなちゃんのイメージカラーである、ピンク色のドレスを纏って。

眼鏡を掛けて。髪型をポニーテールにして。

……………うん。そうだ。

これはまさに、学校結花。

高校の教室でいつも見ていた、学校結花。あの頃の結花の――ウェディングバージョンだ。

「どうしてじろじろ見ているの？　獣のような視線を感じるのだけど」

「そりゃ見るよ！　新郎が新婦をガン無視したら、その方が怖いでしょ⁉」

「……はて？」

いや、そんな小首を傾げられても。

俺の方こそ、首が折れるまで傾げたいくらいだよ。本当に。

「――ふっふっふ。これで終わりと思わないでよね？　遊くんっ！」

頭の中がぐっちゃぐちゃになってる俺に向けて……学校結花は不敵に笑うと。

再び会場が、暗転した。

そして数秒の間を置いて、再度スポットライトで照らし出された結花は――。

「もぉ！　ゆうなと結婚するからには、一生幸せにするって約束しないと……ぜーったいに、許さないんだからねっ‼」

瞬間、俺は吐血した。

やめてくれよ……サプライズゆうなちゃんボイスは、俺に効く……。

そう、今度の結花は――和泉ゆうな、ウェディングバージョンだった。

眼鏡を外した代わりに、ツインテールに縛った茶髪のウィッグをかぶって。

きゅるんっと、猫みたいに口元を丸めて。

素の結花とは、また違った魅力を放ちながら――和泉ゆうなは、無邪気に笑った。

「どう？　びっくりしてくれたかな？　『恋する死神』さんっ！」

「えっと……あんまり『死神』って言わない方がよくない？　結婚式だし、これ」

「じゃあ、『恋する生き神』さん？」

「ださっ⁉　勝手に名前を変えないでよ！　普通に、佐方遊一の方で呼んで‼」

――そんな普段どおりの、俺と結花の掛け合いに。

会場からは笑いが巻き起こり、拍手やら声援やらが飛んでくる。

その光景はなんだか……とても温かくて。

改めて、俺たち二人が幸せなんだなってことを、実感する。

そして、再びの暗転を挟んで――。

最後に現れたのは、ピンクのドレスを身に纏った素の結花だった。

その咲き誇る花のような笑顔は、いつも以上に煌めいていて。

本当に……綺麗だった。

「……遊くん。この先どんなことがあったとしても、私は絶対、あなたのそばにいます。何十年先も、幸せな二人でいれたらいいなって、そう思ってますっ。だから、どんな私のことも……いっぱい愛してくれたら、嬉しいですっ！」

スポットライトを浴びながら、結花は笑って、そう言った。

そんな、可愛いしかない妻の姿に。

なんだか自然と――笑ってしまう。

「……当たり前だって。どんな結花のことだって愛してるし、何があったって、結花のそばを離れないって約束する。だから、結花――一緒に幸せになろうね」

そして俺は、結花のところまで駆け寄って。

キラキラ輝く、眩しいスポットライトの中で。

結花を抱き寄せて――キスを交わした。

そんな俺たちを見守る披露宴会場からは、割れんばかりの拍手の音が聞こえてきて。

みんなも笑顔でいてくれてるんだろうなって……そう思ったんだ。

◆

披露宴も、いよいよ終盤に差し掛かったところで。

司会の人に促されて、俺たちは会場から庭園の方へと移動する。

その道中……ドレス姿の那由（なゆ）が、なんでもないことみたいに言った。

「あ。兄さん、郷崎（ごうさき）先生から伝言預かってたの、忘れてたわ。『二人とも一生懸命、幸せになれよ‼』だってさ。ウケるよね」

「ん？　あー、そういえば那由、去年も今年も郷崎先生が担任なんだっけ？　昔と何も変わってなさそうで、いっそ安心するよ。郷崎先生は」

「や、そーでもないよ？　七月には産休に入るし」

「え、いつの間に結婚したの郷崎先生⁉　……って、あれ？　那由、どこ行った？」

めちゃくちゃ気になるところで話を打ち切りやがって、あいつは。

とかなんとか、考えてるうちに。

いよいよ——花嫁によるブーケトスの時間になった。

「はーい！　それじゃあ、いきますよー？」

結花は俺たちに背を向けると、赤いゼラニウムのブーケを、ギュッと抱き寄せた。

結花のすぐ後ろあたりにいるのは、未婚の女性陣。

「えーいっ‼」

掛け声とともに、結花はブーケを、天高く放り投げた。

陽の光を浴びながら宙を舞う、ゼラニウムのブーケ。

そしてブーケは、ゆっくりと落下して——。

「へっ⁉　あっ！　えっと……取っちゃった」

見事、それをキャッチしたのは——鉢川さんだった。

「いーじゃん、くるみん。やっぱブーケも、一番必要な人のとこを選んだんでしょ」

「おめでとう、鉢川。『60Pプロダクション』は、福利厚生もしっかりしているからな。結婚しても安心して働けるぞ？」

「麗香……結婚式でそんな話、しなくてもいいでしょうに」

関矢さんに六条社長、母さんと……『60Pプロダクション』の関係者が、わいわいと盛り上がってる。

「久留実さんの花嫁姿も、めっちゃ見たい！　趣向を変えて、ウェディング着ぐるみとか、どーです？　うち、結婚式に合いそうな怪獣とか、ピックアップしますよ‼」

「結婚式で着ぐるみを着たいのなんて、桃乃さんぐらいですって……ここは僕に任せてください。久留実さんが絶世の美女に変身できるよう、コーディネートしますから」

「結婚式とコスプレ会場を、一緒にしちゃ駄目よ。あ、でも……さっきの結花さんも、コスプレといえばコスプレだったか」

「野々花来夢の言うとおりだし。ま、でも……いいんじゃね？　みんな楽しけりゃ、なんでも」

「……って！　わたしの未来の結婚話で、勝手に盛り上がらないでよ‼」

二原さんと勇海が、ぶっ飛んだ提案をして。

それに来夢と那由が、和やかにツッコんで。

恥ずかしくなった鉢川さんが、大きな声を上げている。

そんな、みんなの姿を眺めていたら――マサの奴がバシンッと、思いきり背中を叩いてきやがった。

「おい、遊一！　ブーケをゲットした鉢川さんを中心に、記念写真を撮るってよ‼　主役のお前が、ボーッとしてんなっての！」

そして、俺と結花は——カメラの正面に立った。

結花の反対側には、ブーケを持った鉢川さん。

それに続くように、那由と勇海、二原さんとマサ、来夢や関矢さんも……俺たちの周りへと集まってきた。

母さんと六条社長は、恥ずかしいからってことで、写真には入らないらしい。だけど近くで楽しそうに、俺たちのことを見守っている。

もちろん親父も、お義父さんもお義母さんも——穏やかな表情で、俺たちのことを眺めている。

「……ねぇ。結花さんの掛け声があった方が、みんな笑いやすいんじゃない？」

「ふぇ⁉　来夢さんってば、結婚式中に無茶振りするの、やめてくださいよぉ！」

「ああ、でも……来夢の言うとおりかもな。結花の声を聞いたら、俺もみんなも——一番の笑顔が、浮かべられそうな気がする」

「……ふへへっ。それじゃあやりまーす‼」

「単純ね」

そんな感じで、やる気満々になった結花は。

「それでは皆さんっ！　『いっせーのーでー』の後に、私が掛け声を出します！　続けて皆さんも、おんなじ掛け声を口に出してくださいねー‼」

周りに集まったみんなに、楽しそうに説明すると。

スタッフの人が、カメラを構えるのに合わせて——元気いっぱいな声を、上げたんだ。

「みんなぁ！　一緒に笑おーねっ‼　いっせーのーでー……だーいすきっ‼」


——結花が結んだ、このたくさんの笑顔が。

これからも、ずっとずっと——咲き続けていきますように。


【朗報】俺の許嫁（いいなずけ）になった地味子、家では可愛いしかない。

FIN.

あとがき

【朗報】遊一と結花の物語、最後まで書くことができた！

氷高悠です。

三年にわたって書き続けた『地味かわ』シリーズの終わりなので、【悲報】……というフレーズも脳裏をよぎりましたが。それよりも、遊一と結花の物語を最後までお届けできた嬉しさが勝るので、ここは【朗報】とさせてください。

皆さま、最後まで『地味かわ』を応援してくださり、本当にありがとうございます。

ちなみに本巻は、氷高が作詞をしたMV『笑顔を結ぶ花』を聞きながらお読みいただけると、より楽しめるかと思います。ぜひぜひ『笑顔を結ぶ花』を聞きつつ、物語の結末をご堪能いただけますと幸いです。

さて、ここからは八巻のネタバレを含みます。

あとがきから読んでいる方は、ご注意くださいね。

まずは、結花についてです。

結花はこれまでたくさん頑張って、家結花としても学校結花としても、そして和泉ゆうなとしても成長してきました。中学時代の辛かった過去を乗り越えて、自分なりの幸せを見つけてきました。

そんな結花だからこそ……もう眼鏡やウィッグは必要ない。

どんな側面があっても、それも一人の綿苗結花なんだと、結花が胸を張れるようになる。それこそが、最終巻のテーマでした。

桃乃や来夢をはじめ、結花に笑顔をもらってきたみんなが背中を押して、結花が最後の勇気を振り絞るお話……楽しんでいただけたなら嬉しいです！

もうひとつは、遊一の家族についてです。

遊一のトラウマでもあった母親――佐方京子。

もちろん、遊一と京子が決別するというのも、ひとつの選択肢だったとは思います。遊一にとってはそれくらい、悲しい過去があったのですから。

だけど結花なら。きっと、それも全部ひっくるめて――みんなで笑っちゃおう！　って言うんだろうなと思いました。それが本巻の結末のすべてです。

最後の最後まで、結花が紡ぎ続けた笑顔の物語。

エピローグまで満足したものが書けて、感無量です。


今回は謝辞に代えまして、『地味かわ』に関わってくださったすべての皆さまを、SPECIAL THANKSとしてご紹介させていただきました。

本当に本当に、皆さまどうもありがとうございました。

特にたん旦さまにおかれましては、ウェディングドレス姿の幸せそうな結花や、全員集合のイラストなど、最後まで『地味かわ』世界を美麗なイラストで彩ってくださり、感謝してもしきれません。次作もどうぞ、よろしくお願いいたします！

……ということで、引き続きイラストをたん旦さまに担当していただきまして。

本巻と同日発売で、ファンタジア文庫から新作ラブコメが発売されました。

『クラスの優等生を『妹』にする約束をした。どうやらいっぱい甘えたいらしい。』――結花とはまた違った魅力を持つ三人のヒロイン、青緒・絆菜・ゆかりが登場します。

今後も楽しい物語を紡いでいけるよう頑張ります。

どうかこれからも、応援いただけますと嬉しいです！

氷高　悠

SPECIAL THANKS

イラストレーター　たん旦さま

マンガ家　椀田くろさま

ボカロP　家の裏でマンボウが死んでるPさま

ボイスアクター　伊藤美来さま、日高里菜さま、古賀葵さま
石谷春貴さま、高槻みゆうさま、高柳知葉さま
伊東健人さま、稗田寧々さま、久遠エリサさま、天﨑滉平さま
森嶋優花さま、伊藤昌弘さま、向井莉生さま、逢坂良太さま
青山吉能さま、深町寿成さま、朝日奈丸佳さま

ファンタジア文庫　S編集長、担当Tさま、二代目担当Nさま、三代目担当Nさま

月刊コミックアライブ・mimicle・おれラノ　関係者各位

本シリーズに関わってくださったすべての皆さま

創作関係で繋がりのある皆さま、友人、先輩、後輩諸氏、家族

そして——読者の皆さま

最後まで『地味かわ』をありがとうございました！

お便りはこちらまで
〒一〇二－八一七七
ファンタジア文庫編集部気付
氷高悠（様）宛
たん旦（様）宛

【朗報(ろうほう)】俺(おれ)の許嫁(いいなずけ)になった地味子(じみこ)、家(いえ)では可愛(かわい)いしかない。8

令和6年2月20日　初版発行

著者——氷高(ひだか) 悠(ゆう)

発行者——山下直久

発　行——株式会社KADOKAWA
〒102-8177
東京都千代田区富士見2-13-3
0570-002-301（ナビダイヤル）

印刷所——株式会社暁印刷

製本所——本間製本株式会社

ISBN978-4-04-074733-0 C0193 ◇◇◇